KB261782

| 하응백 에세이 |

나는 낚시다

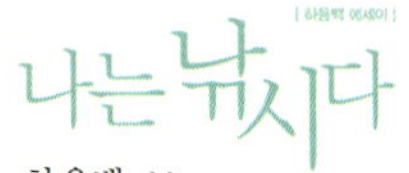

| 하응백 에세이 |

나는 낚시다

하응백 지음

1판 1쇄 발행 | 2012. 3. 5

발행처 | Human & Books
발행인 | 하응백
출판등록 | 2002년 6월 5일 제2002-113호
서울특별시 종로구 경운동 88 수운회관 1009호
기획 홍보부 | 02-6327-3535, 편집부 | 02-6327-3537, 팩시밀리 | 02-6327-5353
이메일 | hbooks@empal.com

값은 뒤표지에 있습니다.
ISBN 978-89-6078-135-1 03810

| 하응백 에세이 |

나는 낚시다

하응백 지음

Human & Books

이 책을 아버지께 바칩니다.

차례

제3부 **함께 출조하기** —젓가락질도 낚시질이다

나는 물이 좋다

낚시를 오래도록 했지만 낚시 책을 내겠다는 목표는 없었다. '싱글라인코리아'라는 선상 외줄낚시 동호회 활동을 하면서, 회원들이 인터넷으로 이따금 조행기를 올리길래, 뭐 글이라면 나도 쓰니까, 한번 올려보지 하면서 두어 번 조행기를 올렸더니, 회원들의 반응이 너무 좋았다. 문학평론은 해당 작품의 당사자들인 시인이나 소설가들이 예민한 반응을 보이기는 하나, 대중적으로는 별로 반향이 없는 것이 대부분이어서 다소 맥이 빠진다. 힘 빼고 편안하게 쓴 조행기는 의외로 많은 댓글이 달리고 감사와 격려의 말들이 오고 갔다. 심지어 '싱글라인코리아 공식 작가'라는 말을 들었을 정도였다. 그렇다고 그것이 나를 우쭐하게 하지는 못했다. 글쓰기에 있어서 프로가 아마추어의 세계에서 받은 평가라 스스로가 좀 우스웠던 것이다.

2010년 여름 『세계일보』 문화부장이 술자리에서 연재 제의를 했을 때도 심각하게 생각하지는 않았다. 술자리였으니까. 대개 그런 청탁은 의례적일 수도 있고 해서 잊어버리고 있다가 한 달여가 지나 정식으로 연재 제의가 왔을 때에야 비로소 나는 약간 심각해졌다. 신문의 한 면 전체를 사진까지 찍어 격주로 연재하라는 것이다. 만약 연재를 한다면 거의 매주 출조해야 할 것이고, 고기 잡다가 사진도 찍어야 할 것이고……. 조금 고민을 하다가 나는 제의를 수락했다. 낚시도 내 인생의 중요한 일부이고, 그렇다면 그 기록을 공식적으로 남기는 것도 나쁘지 않을 것이라는 생각. 그렇게 해서 '하응백의 테마낚시'라는 제목으로 1년 2개월간 29회를 연재했다. 그러다 보니 단행본 한 권 분량의 원고가 되었다.

원고를 다시 정리하고 사진을 찾고 하면서 책을 편집하기 시작했을 때 제목 고민이 시작되었다. 책을 낼 때 가장 중요한 작업은 제목을 정하는 것이다. 책 제목이 영감처럼 떠올라 책을 집필하는 경우도 있지만, 대개는 어떤 주제에 대한 책을 쓰고 난 뒤 내용에 맞는 제목을 붙인다. 책 제목은 저자가 붙이는 경우도 있고 출판사의 편집자가 저자와 상의해서 정하는 경우도 있다. 10여 년 출판사를 운영하면서 약 250여 종의 책을 냈고, 그때마다 책 제목 고민을 하였었다. 돌이켜보면 제목이 쉽게 나올 때도 있었다. 아무리 짜내어도 결국 실패한 경우도 있었다. 책의 저자가 확실한 제목을 가지고 오면 비교적 수월하게 제목이 나오지만 출판사에 일임할 때면 생각이 많아질 수밖에 없다.

처음엔 '즐거움을 낚다'라는 제목을 생각했다. 괜찮지만 좀 약하다는 생각이 들어 '강호어담(江湖漁談)'이라는 제목을 생각했다. 한자(漢字)가 가지는 탄력으로 인해 멋있게 보이기는 한다. 하지만 좀 낡아 보이고 내용에 대해 무책임한 제목이라는 생각이 들어 계속 고민했다. 그러다가 어느 날 아침, 세수를 하면서 '나는 낚시꾼이다'라는 제목이 생각났다. 괜찮네, 하고 생각하고 지내다 이틀쯤 뒤에 아침 세수를 하던 중 '나는 낚시다'라는 제목이 불현듯 더 좋다는 생각이 들었다. 하지만 이 제목은 문제가 있다. '나는 가수다', '나는 꼼수다', '나는 꼼사리다'의 아류로 보일 것이 아닌가? 이미 5, 6년 전에 내가 운영하는 출판사에서 친구 이경식 군—이 친구도 나의 낚시 동료다—의 『나는 아버지다』라는 책을 낸 적이 있으므로 아류가 아닌 것은 확실하지만, 세상 사람들은 그렇게 생각하지 않을 것이 분명하다. 다른 제목을 생각해보려 했지만 '나는 낚시다'라는 제목에 미련이 갔다.

곰곰이 생각해보니 그 제목에 미련이 가는 이유가 있었다. 문법적으로는 틀렸지만, 그 틀림에 새로운 의미가 첨가되기 때문이다. '나는 낚시다'라는 말은 사람과 행위 명사를 동일시함으로 논리적으로 오류가 있는 문장이 된다. 하지만 바로 그것 때문에 오히려 더 일탈의 맛과 해방의 기쁨을 준다. 내가 '낚시'라니. 낚시 자체라니. 그 해방감이라니! 나는 낚시꾼이 아니라 낚시 자체다, 라고 말하니 한결 기분이 좋다.

물론 이 책 제목을 두고 '나꼼수'의 아류라고 생각하는 사람들도 있을 것이다. 내가 그들보다 유명하지 않고 그들보다 우아하기 때문이다. 이런저런 내막을 모르는 사람들이 이 책을 '나는 꼼수다'의 아류라 해도 좋다는 생각도 들었다. 왜냐하면 낚시는 그야말로 꼼수니까. 낚시는 근본적으로 물고기를 속이는 행위다. 미끼 속에 바늘을 감추어 두거나 아예 인조 미끼로 물고기를 유혹하는 속임의 기술이다. 심지어 먹을 수 없는 쇳조각이나 플라스틱으로 물고기를 잡기도 한다. 그러니 철저한 꼼수인 것이다. 정치도 꼼수지만 낚시는 더 꼼수다. 다만 정치의 꼼수는 혹세무민(惑世誣民)하지만 낚시의 꼼수는 물고기를 잡을 뿐이다.

많은 사람들이 아버지로부터 낚시를 배운다. 로버트 레드포드 감독의 영화 〈흐르는 강물처럼〉에서도 아들 둘은 아버지로부터 플라이 낚시를 배운다. 자타가 공인하는 실력파 낚시꾼이자 문학평론가인 전영태 중앙대 교수도 그의 책 『낚시 : 유혹과 몰입의 기술』이라는 책에서 자신의 할아버지는 대동강에서, 아버지는 한강에서 낚시를 했고, 그도 자연스럽게 아버지를 따라다니면서 낚시를 배웠다고 했다.

나는 아무에게도 낚시를 배우지 않았다. 서른 살이 넘어설 때까지 낚시라고는 해본 적도 없다. 본문에도 나오지만 나는 우연히 낚시를 알았고, 혼자 스스로 책을 봐가며 낚시를 시작했다. 견지낚시를 시작으로 해서 대량 포획을 목표로 하는 잡탕 낚시꾼이 될 때까지, 아들을 포함해서 많은 낚시 제자들을 길러냈지만, 누구에게도 정식으로 배운 적은 없다. 다른 말로 하면 누구도 스승이 될 수 있다는 뜻이기도 하다. 많이 잡고 잘 잡는 사람들의 채비나 동작이나 미끼를 훔쳐보며 스스로 체득했기에 바다나 강에서 수많은 스승을 늘 만났던 것이다. 가끔 함께 여행도 하고 낚시도 가는 시인 김명인 교수만이 유일하게 나의 낚시 사부(師父) 반열에 올려놓을 수 있는 분이기는 하다.

동해 울진 출생인 그는 타고난 낚시꾼으로 낚시를 좋아하기도 하고 어떤 악조건에서도 잘 잡고 요리도 잘한다.

나의 아버지는 나에게 고기 낚는 법은 알려주지 않았지만, 내 생애 최초로 바다를 보여주긴 했다. 1967년 내가 초등학교 1학년 때 아버지는 갑자기 식솔들을 버리고 강원도 양양으로 혼자 떠나가 버렸다. 여름 방학이 되어 어머니와 나는 아버지를 찾아갔다. 현재 낙산비치호텔이 있는 자리에 당시에는 기와집이었던 낙산여관이 자리 잡고 있었다. 아버지는 그 여관에 아무 하는 일 없이 장기 투숙하고 계셨다. 아버지는 낙산여관에서 요즘 말로 하면 VIP 대접을 받고 계셨다. 빨래와 청소는 물론이요, 밥때가 되면 일하는 아주머니 둘이 근사한 식사가 차려진 큰 밥상을 투숙한 방으로 날랐다. 아버지는 심지어 동해바다 조망이 좋은 천혜의 자리에 '기로정(耆老亭)'이라고 이름한 정자를 지어놓고 바다를 즐겼다. 당시 아버지가 일흔에 가까우셨으니 늙은이 '기(耆)' 자와 늙은이 '로(老)' 자를 써 기로정이라 이름 붙였을 테지. 그로부터 아버지는 10년을 더 사셨지만, 낙산여관에 계실 때가 당신에게 의미 있는 삶의 마지막이 아니었던가 하는 생각이 지금은 든다.

어른이 되고서 속초나 양양에 갈 일이 있으면 낙산 쪽으로 잠시 차를 몰아 낙산비치호텔 주차장에 차를 대고 기로정에 앉아본다. 큰 동해바다를 한눈에 품고 있다. 울진의 망양정이나 간성의 청간정 못지않게 조망이 좋다. 동해의 일출을 보기에도 제격이다. 기로정을 관동팔경에 더해 관동구경(關東九景)이라 해도 큰 무리는 없다. 잠시 아버지에게 말한다. 당시 부근 땅 한 평에 몇 십 원도 하지 않았을 것인데, 정자를 짓고 생활을 하는 그 돈으로 땅이나 사두었으면 지금쯤 나는 재벌 소리를 듣고 있을 텐데, 아버지도 참, 하면서. 하지만 아버지는 돈으로는 살 수 없는 그 넓은 동해바다의 조망권 일체를 사들이신 셈이지. 그 후 45년 동안 기로정에 오르는 수많은 관광객들에게 공짜로 동해바다의 조망권을 나누어 주신 셈이지…….

왜 아버지는 아무런 연고도 없는 낙산에서 3년에 가까운 세월을 보냈을까. 그저 바다가 좋았을까. 혹 북에 두고 온 처자식 생각이 간절했던 것일까. 아니면 당신의 마지막 혈육인 막내아들과 여름 두 철을 보내기 위함이었을까.

알 수 없다. 아버지는 당신의 행위에 대해 일절 말하지 않았다. 나는 겨우 일곱 살이었다. 아버지의 의중을 파악할 능력도 없고 필요도 없었다. 그저 좋아서 넓은 낙산해수욕장에서 뒹굴고 아버지에게서 '모자비헤엄'이라는 좀 독특한 영법의 수영을 배워 헤엄치고 놀았다. 한 계절에 등껍질이 몇 번씩 홀라당 타서 벗겨질 때까지 바다에서 살았다. 그 다음 해 여름 방학 때도 그랬다. 당시에는 바다에 돛단배도 있었고 날치도 많았다. 아버지와 같이 한 그 두 해의 여름방학이 내 유년기에 가장 즐거웠던 날들이다. 대구로 돌아와서는 나는 다시 소심하고 말이 없는 애늙은이로 변해 공상을 하거나 책을 읽으면서 지냈다.

나는 거의 언제나 강이나 바다를 보면 기분이 좋아진다. 편안해지고 안락해진다. 호수나 연못도 그렇고 심지어 졸졸 흐르는 개울물을 보아도 기분이 좋아진다. 인사동 거리를 걷다가 석조 어항에 담긴 물풀과 금붕어 몇 마리를 보아도 좋고, 백화점에서 수족관을 보아도 좋고, 심지어 길거리 횟집 물칸에 담긴 우럭이나 광어를 보아도 좋다. 내가 그렇게 된 것이 아버지가 나에게 보여준 유년기의 바다 때문이었을까. 전생에 내가 물고기였기 때문일까(서양식 별자리로 보면 나는 물고기자리 태생이다). 물고기에 대한 현재의 욕망 때문일까. 그저 물이 좋아서일까…….

알 수 없다.

이 책의 1부는 내가 낚시를 접하게 된 동기 같은 글들이 모여 있다. 낚시 일반론이라고 하면 되겠다. 2부는 『세계일보』에 연재한 글들이다. 동해, 서해, 남해 등에서 철에 따라 여러 종류의 물고기를 잡는, 혹은 못 잡는 이야기다. 3부는 주로 동호회 홈페이지에 올린 조행기이다. 댓글들이 재미있어 그대로 수록했다.

나의 낚시병 때문에 몇몇 친구들이 고생했다. 이경식 군, 유강근 군, 백성목 군, 석진보 군, 권오인 군, 조용호 군 등등. 이들은 나의 꼬드김에 넘어가 추위나 더위에, 햇볕과 바람에, 멀미와 운전에 고생들을 했다. 백성목 군은 지난해 낚시 기사를 보고 연락을 해와서, 고등학교 졸업 후 32년 만에 해후했다. 그 후 거의 매주 같이 낚시를 다녔다. 다들 고맙다.

이 책 출간 기념으로 모여서 낚시나 갈까?

2012년 2월 경운주사(慶雲酒舍)에서

제1부
낚시를 왜 하는가

낚시를 왜 하는가

🐟 낚시를 왜 하는가? 인간이 하는 행동이 목적이 없을 리 없고, 따라서 낚시도 인간이 하는 행동이기에 무엇인가 목적이 있게 마련인 것이다. 조선 선조 때의 북인의 거두였던 문신 이산해(李山海, 1539~1609)는 다음과 같은 시를 남겼다.

어옹(漁翁)

백사장에 배를 매어두고 맑은 샘물 길어 (沙頭繫艇汲清泉)

동쪽 바위에 우거진 대를 찍어서 불 피우네 (斫取東巖亂竹燃)

은빛 물고기 굽고는 막걸리를 데워서 (煮罷銀鱗烹濁酒)

술이 취해선 도리어 백구를 짝하여 조는구나 (醉來還傍白鷗眠)

이 시에서 은빛 물고기가 은어인지 아닌지는 정확히 알 수 없지만,

분명한 것은 잡은 물고기를 구워서 안주 삼아 막걸리를 거나하게 마셨다는 것이다. 여기에 바로 낚시의 핵심이 있다. 자연과 더불어 고기를 잡고 그 잡은 고기를 안주 삼아 자연과 일체가 되겠다는 것, 즉 자연과 술과 안주라는 삼위일체가 '나'라는 주체를 감싸는 것이 낚시인 것이다. 물론 술을 좋아하지 않는 사람도 있을 수 있겠지만, 최소한 나에게는 그렇다는 것이다. 생선을 식당에서 사먹어도 좋고, 시장에서 사다가 집에서 먹어도 좋다. 그렇게도 한다. 하지만 바다나 강이나 여울에서 직접 잡은 고기를 즉석에서 먹는 맛과는 비교할 수가 없다. 우국충정에 몸을 떨고, 귀양살이에서 방대한 저서를 남긴 다산 정약용 같은 석학도 다음과 같은 글을 남겼다.

나는 적은 돈으로 배 하나를 사서 배 안에 어망(漁網) 네댓 개와 낚싯대 한두 개를 갖추어 놓고, 또 솥과 잔과 소반 같은 여러 가지 섭생에 필요한 기구를 준비하며 방 한 칸을 만들어 온돌을 놓고 싶다. 그리고 두 아이들에게 집을 지키게 하고, 늙은 아내와 어린아이 및 어린 종 한 명을 이끌고 부가범택(浮家汎宅, 물에 떠다니면서 살림을 하고 사는 배)으로 종산(鐘山)과 초수(苕水) 사이를 왕래하면서 오늘은 오계(奧溪)의 연못에서 고기를 잡고, 내일은 석호(石湖)에서 낚시질하며, 또 그 다음 날은 문암(門巖)의 여울에서 고기를 잡는다. 바람을 맞으며 물 위에서 잠을 자고 마치 물결에 떠다니는 오리들처럼 둥실둥실 떠다니다가, 때때로 짤막짤막한 시가(詩歌)를 지어 스스로 기구한 정회를 읊고자 한다. 이것이 나의 소원이다.

— 다산의 『초상연파조수지가기(苕上煙波釣叟之家記)』에서

매우 평화로운 삶을 추구했지만 다산이 소원한 삶 속에는 매우 치열한 낚시가 있었다. 오늘은 연못에서, 내일은 호수에서, 또 그 다음에는 여울에서 낚시를 한다는 이야기인데, 요즘 말로 하면 3일 연속 낚시, 장박(長泊) 낚시에 다름 아니고 무엇이랴. 그것은 사실 모든 낚시꾼들의 소망이기도 하다.

낚시를 왜 하는가? 간단하게 말하면 먹기 위해서 한다. 요즘에는 '캐치 앤 릴리즈(Catch & Release)'라는 구호 아래 일부 배스낚시꾼이나 플라이낚시꾼들이 잡은 고기를 살포시 다시 자연으로 돌려주지만, 여전히 낚시꾼들의 대부분은 먹기 위해서 낚시를 한다. 낚시꾼들의 아내들은 흔히 말한다. '낚시 가는 돈으로 시장에서 사먹으면 훨씬 경제적'이라고. 그렇다. 낚시꾼은 어부가 아니기에 경제적인 관점에서 보면 낚시는 분명 손해 보는 장사다. 하지만 낚시는 고기를 잡는 과정에서부터 나, 혹은 나의 가족들의 입에 고기가 들어가는 과정까지, 마르크스적으로 이야기한다면 낚시꾼이 스스로 그 모두를 장악하는 그야말로 소외되지 않는 노동 행위이다.

그렇다고 아내들에게 그렇게 이야기할 수는 없다. 그래서 낚시꾼은 다른 여러 가지 핑계를 댄다. '싱싱한 자연산 광어다', '남해바다에서 직송한 볼락이다' 등등. 그런 핑계의 연장선상에서 '이건 돈 주고도 못 사먹는다'라는 결론을 스스로와 가족들에게 강요한다.

싱싱한 자연산 회를 먹기 위해서만 낚시를 할까? 흔히들 낚시를 하는 이유를 두고 머리를 식히기 위해서, 자연과 동화하기 위해, 몰입을 하기 위해 등등의 핑계를 댄다. 다 맞는 말이다.

2011년 12월 30일, 갈치낚시를 하려고 제주도로 향했다. 예약한 비행기는 무슨 이유에서인지 제시간에 뜨질 않아 결국 예정된 시간보다 두 시간이나 늦게 제주공항에 도착했다. 한 해를 마감하는 낚시여서 제법 기대했는데 처음부터 꼬이기 시작한 것이다. 한겨울이 되면 갈치는 제주 남쪽 해상으로 물러난다. 낚시꾼도 별로 없어 서울서 간 4명과 현지꾼 2명 해서 6명이 오붓하게 즐길 수 있어 다행이다 싶었는데, 출항 시간이 늦어져 해가 저문 다음에야 성산항을 출발, 1시간 반이나 항해를 한 다음 낚시 현장에 도착했다. 현장으로 가는 동안 풍랑이 심해 배는 요동을 쳤고, 나는 처음으로 배멀미를 하기 시작했다. 배낚시 20년 만에 처음으로 본격적인 멀미를 경험한 것이다. 서울서 간 네 사람 중에 한 사람을 제외하고는 다 멀미를 했다. 하지만 현지꾼들은 멀쩡했다. 그중 30대 후반으로 보이는 한 꾼은 포스가 느껴졌다. 지난 8월부터 제주에 머물면서 40회 출조했다고 한다. 배가 출항하는 날이면 모두 출조했다는 말이다. 그러면서 하는 말이 출조비로 8백만 원을 날렸다고 했다. 그런데 갈치를 팔아 더 많은 돈을 벌고 생활비로 썼다고 했다.

앞에 자리를 잡고 낚시를 하는 그의 모습을 흘낏흘낏 쳐다보았다. 역시 갈치낚시의 달인이었다. 내가 7개 바늘이 달린 채비를 사용하여 갈치가 물리면 올려 갈치를 뗀 다음 바늘에 미끼를 새로 달아 내리고 하는 방법을 썼다면, 그는 12개 바늘이 달린 채비를 사용하여 바늘이 내려가 있는 동안 새로운 채비에 바늘을 달아, 바다에 있는 채비가 올라오는 동안 새로운 채비를 던져 넣는 방법을 썼다. 즉 24개의 바늘을 운용하고 있었던 것이다. 중간에 내가 회를 쳐서 소주 한 잔 하라고 권했으나 그는 낚시만 했다. 절도 있게 꽁치 미끼 썰고 미끼 끼우고 던지고 갈치 떼고……. 그 결과 그는 고등어, 삼치를 포함해서 100kg이 넘는 고기를 잡았다. 나는 한 20kg 잡았을까.

아침에 제주로 나오는 셔틀버스에서 그는 연신 전화를 하고 있었다. 내용인즉슨 횟감용 갈치를 잡았으니 사라는 것이었다. 여기저기에 한 박스씩 그는 아마도 그날 선비를 제외하고도 최소 100만 원은 벌었을 것이다. 그제야 나는 깨달았다. 그는 낚시꾼이 아니고 어부라는 사실을. 낚시꾼은 잡은 고기를 팔지 않는다. 자신과 가족이 먹거나, 먹을 만큼보다 더 많이 잡았으면 친구들에게, 이웃들에게 나누어 준다. 대가를 바라지 않는다. 다만 찬사를 바란다. 싱싱한 고기 잘 먹었다고, 이를테면 그렇게 싱싱한 자연산 제주 직송 갈치회는 처음 먹어 본다는 그런 찬사를 바라는 것이다. 그것이 낚시꾼이다.

누구에게나 인정 욕구가 있다. 자기를 알아주기를 바라는 것이다. 다른 말로 그것을 명예라고 하기도 한다. 이 인정 욕구가 고상하게 나아가면 애국심으로도 인류애로도 발전한다. 이순신 장군이 '나의 죽음을 적에게 알리지 말라'고 하며 마지막 전투를 승리로 이끈 후 화려하게 전사한 것, 그 찬란한 죽음은 스스로의 인정 욕구, 즉 스스로의 명예를 위한 것이다. 이순신이 생각하기에 이순신은 그 정도는 해야 이순신인 것이다. 2011년 연말, 이름을 밝히지 않은 한 독지가가 구세군의 냄비에 1억 2천만 원을 넣었다는 미담이 전해졌다. 이름 밝히고 돈을 기부하는 것 역시 좋은 일이지만, 그것에는 남들이 나를 자선가로 알아주기를 바라는 인정 욕구가 숨어 있다. 어쩔 수 없이 방송 화면에 나와야 하니까 돈을 내는 기업이나 정치인들도 있다. 그

것은 자선이 아니라 장사지만, 그 장사를 욕할 필요는 없다. 잡은 고기를 돈을 받고 파는 어부를 욕하지 않듯이.

오른손이 하는 일을 왼손도 모르게 자선을 베푸는 사람의 자선 행위는 이순신의 애국심과 마찬가지로 스스로의 신념에 투철한 스스로의 인정 욕구 때문이다. 그런 사람들로 인해 인류애는 빛을 발한다.

낚시꾼들에게는 그런 고귀한 애국심이나 인류애가 조금도 없다. 아는 사람들이 그저 잘 잡는 낚시꾼이라고 칭찬해 주기를 바랄 뿐이다. 소인배들이다. 그래서 뻥을 친다. '칭찬은 고래도 춤추게 한다'라는 말이 있다. 낚시꾼도 그 칭찬 때문에 낚시를 한다.

낚시는 먹기 위해서도 하고 시간을 죽이기 위해서도 하고 자연과 함께 있기 위해서도 한다. 하지만 가장 중요한 이유는 자연 속에서의 스스로의 능력을 자타에게 인정받기 위해서다. 모름지기 낚시꾼에게 고기 한 마리라도 얻어먹으려면 칭찬을 해주어라. 팔뚝만 한 우럭을 잡았다고 하면 '뻥치지 마라'고 하지 말고 '그 맛있겠네, 한번 먹을 기회를 달라'고 말해 보라. 언젠가는 펄떡이는 자연산 우럭의 쫄깃한 살점이 당신의 입으로 들어오게 되어 있다.

김춘수의 「꽃」을 좀 패러디하면 이렇다.

누군가 나에게 칭찬을 해다오, 그러면 나는 너에게 회 한 점이 되겠다.

등산에서 낚시로

🐟 1980년대 후반부터 1990년대 초반까지 거의 매주 등산을 다녔다. 자주 간 산은 서울 사는 사람이라면 으레 그렇듯이 북한산과 도봉산과 수락산. 그중에서도 북한산을 자주 올랐다. 좋아하는 코스는 아카데미하우스 뒷길로 해서 대동문을 지나 백운대로 해서 산장에서 막걸리 한 사발 사먹고 하산하는 코스인데, 휴일이면 백운대 코스는 정체 현상이 일어나 대동문에서 진달래 능선으로 빠지는 길로 자주 다니곤 했다.

언젠가는 3월 초 토요일인데 폭설이 내린 날이 있었다. 처녀의 눈을 밟으러 퇴근하자마자 북한산으로 직행, 춘설(春雪)의 분분함을 한껏 즐기면서 수북하게 쌓인 눈 위에 대자로 크게 누워본 적이 있었다. 내리는 눈은 내 얼굴 위를 뒤덮고, 나는 대자연 속에 초라하게 빠져들고 있었다. 그때 느닷없이 내 눈에서 뜨거운 눈물이 흘러내렸다. 무엇 때문이었을까. 나는 왜 하염없는 눈물을 아무도 없는 빈산에서

흘렸을까. 지금 생각하면 그때의 눈물은 격정의 20대와 30대 초반을 마감하는, 청년에서 장년으로 진입하는 통과의례 같은 것이었다.

1990년에 처음 차를 마련하고는 원정 산행을 다녔다. 포천 쪽으로 백운산, 국망봉, 견치봉, 운악산, 광덕산, 지장산 등을, 남양주, 청평, 양평 쪽으로는 운길산, 유명산, 어비산, 용문산 등을 당일치기로 다녔고, 시간이 되면 지리산과 설악산을 종주했다.

산은 계절마다 옷을 달리하며 항상 충족감을 준다. 혼자 가면 생각할 수 있어 좋고, 둘이 가면 나지막한 대화가 있어 좋고, 여럿이 가면 시끌벅적해서 좋다. 산에 가서 안 좋은 것이 있다면 술 좋아하는 사람들끼리 가서, 서로 좋은 기분을 자제하지 못했을 때가 거의 유일하다. 산에 갔다가 내려오면 술맛은 기가 막히다. 온몸은 적당히 수분을 흡수하기 좋은 상태가 되어 있고, 마음도 그지없이 상쾌하기에 술은 더 잘 들어간다. 때문에 산 아래에서 막걸리 한 잔, 하다가 발동

씨알 좋은 방어와 삼치를 한가득 잡았다.

이 걸리면 2차로 맥주 입가심, 이쯤에서 그치면 다행이지, 거의 갈지 자걸음으로, 미인은 품어야 제 맛이지 하면서, 3차, 4차 하고 나면 필름은 끊겨 기억은 사라지고 없고, 남은 것은 숙취의 통절함과 망연자 실한 카드 영수증뿐이다.

1992년쯤으로 기억된다. 아주 더운 여름 어느 일요일 혼자서 포천 국망봉에 갔다. 아침부터 찌는 듯한 무더위, 산 초입 장암저수지를 지나 계곡으로 올라서면 시원한 물줄기가 반긴다. 너무 더워서 꾀가 생겨났다. 누가 강요해서 올라가라고 떠미는 것도 아닌데, 왜 땀 뻘뻘 흘리고 올라가야 하나. 계곡 나무 그늘 아래 널따란 바위 위에서 한숨 자고 가면 안 되나.

늘어지게 한숨 잤다. 깨어나니 해는 중천에 있고, 올라가기는 이미 늦은 상태, 배도 출출했다. 그런데 발 아래를 보니 계곡 피라미 녀석들이 한가롭게 노닐고 있는 것이 아닌가. 저걸 잡아먹는 방법이 없을까! 바로 그 순간, 피라미를 바라보는 그 순간, 세상이 뒤바뀌어 버렸다. 등산의 세계에서 낚시의 세계로 존재의 순간 이동이 일어난 것이다.

결국 그날 나는 피라미를 잡지 못했다. 낚시 도구도 없었을 뿐더러 있다 해도 잡는 방법을 몰랐던 것이다. 그 다음주 일직이이서(그때는 경희여중 교사로 근무하고 있을 때다) 교무실에서 한가롭게 시간을 보내고 있다가 서가에서 책 한 권을 발견했다. 송우의 『견지낚시입문』이 바로 그 책이다(송우 선생은 견지낚시의 대가로 2001년 작고했다). 이 책을 보다가 나는 완전히 필이 꽂혔다. 이런 재미있는 세계가 있단 말인가. 견지낚시는 다음에 말할 기회가 있겠지만, 한국의 전통 낚시다. 장비도 간단하고 낚시 방법도 비교적 간단하다.

그 다음주 일요일, 가평에 있는 북한강의 지류인 조종천으로 갔다. 요즘은 조종천도 많이 오염이 되었지만 그때만 해도 물이 깨끗했다. 구멍가게에서 플라스틱으로 만든 조잡한 견짓대를 하나 사고(여기에 인조 파리가 붙어 있다), 책에서 본대로 강여울로 입수, 인조 파리를 여울에 흘리면서 챔질을 시작해 보았다. 줄을 한 10미터쯤 풀었을까. 챔질을 하는데 손끝으로 무엇이 탁 걸리는 느낌이 왔다. 이게 바로 고기의 입질이구나 하는 것을 직감적으로 느꼈다. 견짓대를 감으면서 보니까, 물 아래 쪽에서 피라미 한 마리가 딸려오고 있는 것이 아닌 가! 손에 쥔 것은 작은 피라미에 불과했지만, 그 생동감이란! 처음 느 낀 그 손맛은 아직도 기억이 날 정도다.

그것은 내 생애에 일어난 중요한 사건 중의 하나였고, 나는 새로운 확신을 가지기에 충분했다. 그것은 바로 견지로 고기를 낚을 수 있다 는 확신이었다. 그날 몇 마리를 낚았는지는 기억이 나질 않는다. 중요 한 것은 내 생애 처음으로 고기를 낚았다는 것이다. 그 사건으로 인 해 나의 낚시로의 끊임없는 여행, 지칠 줄 모르는 여행이 시작되었다.

견짓대 하나로 산천을 헤매다

🐟 조종천에서 피라미 몇 마리를 낚은 뒤, 『견지낚시입문』이라는 책을 참고하면서 본격적인 견지낚시 준비를 시작했다. 우선 청량리 청량낚시에 가서 견짓대 하나와 수장대, 4호 바늘, 1호 줄, 편납 등을 사서 집에 와서 줄 묶는 연습부터 하기 시작했다.

참고로 견지낚시를 모르는 분을 위하여 간단하게 견지낚시를 설명하겠다. 견지낚시는 흐르는 물을 이용하는 낚시다. 즉, 물 흐름이 없으면 낚시가 불가능하다. 견지는 크게 두 가지로 나눌 수 있다. 작은 배를 타고 하는 배견지와 흐르는 물에 직접 들어가서 하는 여울견지.

배견지는 대형어인 누치를 주로 노리는 낚시로, 하는 장소는 팔당대교 위(지금은 낚시금지수역), 청평댐 아래, 화천 구만교 아래 등지인데 댐에서 물을 방류하지 않으면 낚시 자체가 불가능한 좀 까다로운 낚시다.

여울견지 또한 하는 방법에 따라 두 종류로 나눌 수 있다. 수장대

밑에 썰망을 달고 썰망 속에 깻묵과 구더기를 적당히 섞어 고기를 유인하는 방법이 썰망낚시. 이 낚시 방법은 밑밥이 흘러가는 속도와 고기가 잡히는 포인트를 편납으로 잘 조절해야 한다. 두 번째 방법은 띄울견지. 최대한 편납을 가볍게 쓰고, 가루 깻묵 소량을 살살 뿌려 가면서 구더기 두세 마리를 바늘에 끼워 피라미나 갈겨니 등을 유혹하는 낚시다.

견지낚시는 맑은 물속에서, 녹수청산(綠水靑山)의 풍취를 즐기면서, 몸에 닿는 물의 간지러움을 즐기면서, 세월을 낚는 낚시인 것이다. 나는 주로 띄울견지를 했다. 그 이유는 크게 두 가지다. 첫째, 견지낚시는 주로 오염이 안 된 강 상류에서 한다. 썰망낚시를 하면 식물성 미끼인 깻묵을 과다하게 사용하게 되어 강을 오염시킨다는 문제점이 있다. 둘째, 띄울낚시를 하게 되면 조과를 위해 경치 좋은 곳을 찾아다니면서 할 수밖에 없고, 그러다 보면 말 그대로 선선놀음을 할 수 있다는 장점이 있기 때문이다. 각설하고……

그 다음주 주말이 되었다. 어디로 갈까. 『견지낚시입문』에 소개된 장소 중의 하나인 평창강으로 가기로 했다. 영동고속도로를 타고 가다가, 장평IC에서 빠져나와 대화를 지나 평창 읍내 못 미쳐서 우회전하여 산 하나(이 산마루에서 아래를 보면 경치가 가히 천하일품이다. 평창강이 굽이굽이 흐르고 산과 들이 올망졸망 펼쳐져 있다)를 넘고 굴 하나를 지나 다리가 나오면 바로 건너 가게를 겸한 민박집이 나온다. 그 일대 강변이 바로 다수리 포인트다.

토요일 오후에 출발해 도착하니 대여섯 시쯤 된 것 같다. 몇 명의 꾼들이 낚시를 하고 있었다. 마음이 급해 얼른 강물로 들어갔다. 들어가 보니 밖에서 보는 것보다 의외로 물살이 셌다. 책으로는 읽었다 하나 초보자임은 어쩔 수 없는 도리. 슬그머니 꾼들의 뒤에 가서 어떻게 하는지 관찰하기로 했다. 목에 밑밥통을 걸고 깻묵가루를 살살 뿌려가면서 절도 있게 챔질을 하다가, 고기가 잡히면 견짓대를 요령 있게 돌려서 끌어낸 다음 수장대에 달린 살림망 속으로 넣는 것이었다. 별로 어려울 게 없어 보였다. 그들 뒤에 서서 낚시를 시작했다. 이 사람들은 연신 피라미를 잡아내는데 나는 아무리 해도 소식이 없는 것이었다. 그러다가 무엇인가가 덜컹하고 손에 느껴져 왔다. 1호 가는 줄을 타고 오는 그 환희! 조심조심 끌어냈는데, 생전 처음 보는 물고기였다. 앞 사람에게 염치 불고하고 '이게 뭐예요?' 하고 물었더니 힐끗 보고는 '좋은 것 잡았네. 꺽지네' 하는 것 아닌가. 뭐가 좋은지는 모르겠으나 어쨌든 좋았다. 또 열심히 챔질. 이번에는 손맛이 처

내린천 미산계곡에서 견지 삼매에 빠진 꾼들.

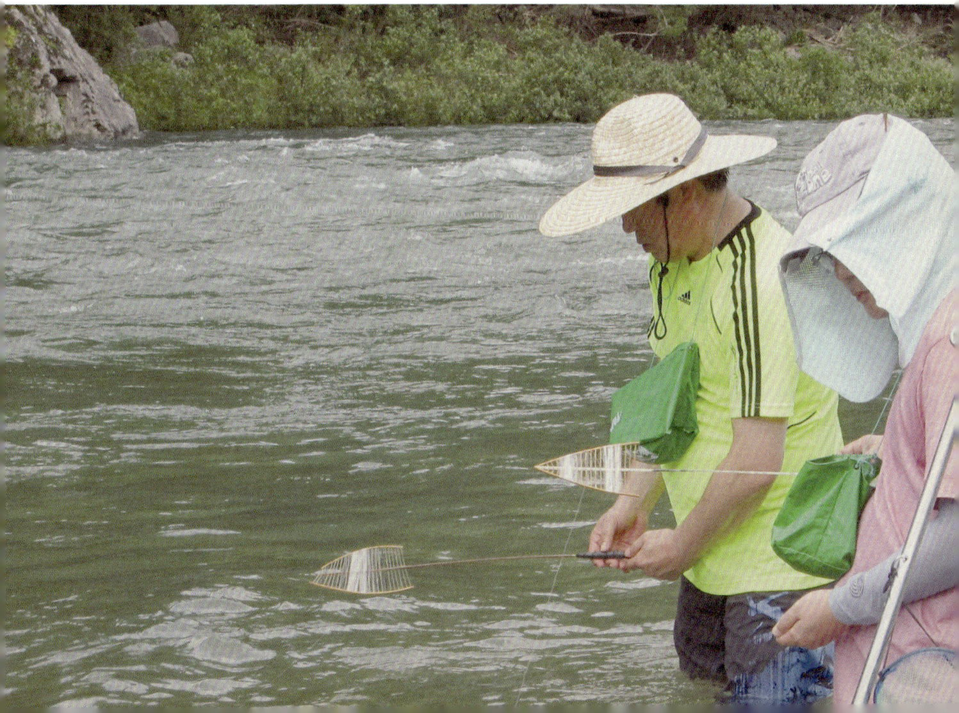

음 잡은 꺽지보다 훨씬 좋았다. 그런데 잡고 나니 또 생전 처음 보는 물고기. 또 물었다. '어름치네' 한다. (어름치는 천연기념물로 잡아서는 안 되는 물고기다.)

해질 때까지 낚시를 하고 물가로 나오니 나보다 먼저 낚시를 했던 꾼들이 처음 왔냐고 묻는다. 나는 오늘이 첫 낚시나 다름없다고 하면서 잡은 고기를 보여주었더니, '어물전 차렸네' 하며 웃는다. 그도 그럴 것이 그날 잡은 고기가 갈겨니, 피라미, 불거지(피라미 수놈을 불거지라 한다. 이놈은 봄철 이후 혼인색을 띠기 때문에 매우 아름답고 힘도 좋다), 돌고기, 마자, 모래무지, 꺽지, 어름치 등등이었던 것이다. 내 낚싯대를 보고는 편납을 무겁게 달았다고 충고한다. 편납을 무겁게 달아 바닥고기인 꺽지 등이 잡혔던 것이다. 그러니 당연히 조과는 떨어지고, 고기 종류만 많았던 것이다. 그러면 어떤가. 본격적인 첫 출조에 허탕 치지 않고 수려한 평창강에서 여러 물고기를 잡았으니. 강물은 너무 맑아 시리도록 투명하고, 공기 좋고, 경치 좋고…….

해가 지고 낚시하던 세 분과 함께 잡은 고기를 가져가니 민박집에서 피라미, 잡어 매운탕을 끓여준다. 으레 그렇듯이 꾼들 사이에 소주가 돌고, 낚시 이야기로 꽃을 피운다. 그들은 과천에 사는 공무원들인데, 토요일만 되면 다수리로 온다는 것이다. 그러면서 꺽지는 회로 먹어도 좋고, 구워먹으면 죽인다는 것이다. 사실 꺽지는 농어과 고기지만, 볼락과 비슷하게 생겼고 맛도 볼락과 흡사하다. 민물고기 중에서는 쏘가리와 꺽지가 맛으로는 최고봉이다.

다음날 해가 뜨기도 전에 물로 들어가 낚시를 시작했다. 편납을 최소량으로 쓰니 피라미와 갈겨니(갈겨니는 피라미와 거의 흡사하다.

자세히 보면 피라미보다 눈이 크고 피라미보다 맑은 물에만 산다. 갈 겨니가 잡히면 그 물은 거의 1급수 수준이다)가 붙기 시작했다. 줄을 풀면서 챔질하고 그러다가 덜컹하면 감고, 넣고…… 그렇게 나의 평창강 다수리 견지낚시 시절이 시작되었다.

몇 년 동안 다수리에 수십 번도 더 갔다. 혼자도 가고 친구들 꼬드겨서도 가고, 가족과도 가고. 사건도 많았다. 가슴 장화를 신은 채 미끄러져서 수십 미터를 두둥실 강물에 떠내려가다가 다리 교각을 잡고 살아난 일, 자동차 키를 강물에 빠트려 서울 친구에게 전화해서 키를 가져오게 한 일 등등.

그러다가 다수리에 결정적인 사건이 일어났다. 상류 봉평에 도로 공사와 보광휘닉스콘도 공사가 시작되면서 물이 온통 흙물로 변해버린 것이다. 흙물은 견지낚시에 치명적이다. 결국 나는 눈물을 머금고 다른 포인트를 개척해야 했다(이삼 년 전에 다수리에 들러보았더니 예전보다는 못하지만 다시 물이 맑아졌다고 느꼈다).

그 후 북한강과 남한강의 상류권은 거의 다 돌아다녔다. 원통으로 인제로 해서 내린천, 홍천강을 둘러 남한강 상류인 기화천, 옥동천, 동강, 서강 등등을 거치고 임진강과 한탄강과 금강까지 돌아다녔다. 그러다가 정착한 곳이 내린천 상류 미산계곡이었다. 지금은 미산계곡으로 도로가 뚫려 상남에서 원당까지 포장도로가 있지만, 1990년대 중반까지는 미산계곡 남전다리까지만 비포장도로가 있었고, 상류 쪽으로는 차도가 없었다. 막다른 계곡이다 보니 미산계곡은 무엇보다 물이 맑고 산수가 수려하며 고기가 많이 잡혔다. 한번은 30cm급 무지개 송어를 걸어 그놈을 끌어올리느라 물속에서 트위스트를 춘 적

녹수청산의 내린천 미산계곡.

도 있었다. 주차하기도 편하고 텐트 칠 공간과 민박집도 있고 하여 미산계곡 외에는 발길이 잘 가지 않았다. 낚시를 하든 안 하든 나를 아는 가까운 친구들은 나의 감언이설에 이끌려 거의 모두 미산계곡을 가보았을 것이다. 그들은 이구동성(異口同聲)으로 말했다.

'신선 놀음이다.'

피라미는 작은 놈은 배를 가르고 내장을 뺀 다음 튀김으로 먹어도 좋고, 무를 깔고 고등어조림처럼 해먹어도 좋다. 그러나 바닷고기보다는 훨씬 맛이 없다. 만약 여름에 가족들과 같이 피서 낚시를 가서 피라미를 잡았다면, 피라미 고추장 숯불구이를 권하고 싶다. 피라미 배를 따고 비늘을 대충 벗긴 다음 고등어자반처럼 양쪽으로 벌린다. 그런 다음 깨끗한 바위 위에 한 30분 널어 말린다(햇볕이 좋을 때). 말릴 때 파리들이 꼬이니 지켜서 부채로 쫓아내야 한다. 그 다음 마늘 다진 것을 고추장에 버무려 피라미에 골고루 발라 숯불을 피운 다음 석쇠에 구워먹는다. 말리지 않으면 피라미 살이 석쇠에 붙어 부서져서 맛이 덜하다. 좀 손이 가지만 이렇게 먹어보면, 피라미에 대한 개념이 달라진다. 이 방법은 미산계곡에서 낚시를 하고 나서 친구인 이경식 군(번역가, 시나리오 작가)과 같이 개발했다.

견지낚시의 이론

      🐟 견지낚시는 한국에만 있는 우리의 고유한 낚시 방법이다. 흐르는 물살을 이용해 가벼운 채비를 흘려 강고기를 잡는다. 이 낚시는 그야말로 녹수청산(綠水靑山)의 비경 속에서 자연과 동화되는 즐김과 풍류의 낚시라고 할 수 있다. 잡히는 고기로는 누치, 마자, 모래무지, 피라미, 갈겨니 등 강고기들이다. 그렇다면 견지낚시는 언제부터 시작하였을까.

50년을 견지낚시를 즐기고 방대한 자료를 섭렵하여 『한시와 낚시』라는 책을 낸 이하상 선생은, 조선조 명종 때 대제학을 지낸 정사룡(鄭士龍, 1491~1570)의 시에 견지라는 말이 처음 등장한다고 설명한다.

낚시하는 물건—이것을 견지라 한다 (釣者—俗云牽之)

마음 내키는 대로 흔들리는 쪽배를 타고 (稱意搖孤艇)

봄 강에 낚시얼래를 담근다. (春湖浸鴨欄)

줄과 바늘 마음과 손에 모으니, (緡鉤心手會)

물고기 숨어 도망가기 어려우리. (鱗介透潛難)

손가락 움직이면 비록 싫도록 잡히나, (指動雖當飽)

애처로운 마음 들어 느긋이 잡네. (生哀庶可寬)

옛날에 낚시꾼 장지화는, (向來西塞叟)

빈 낚시에 고기 잡히면 찬거리 마련했다지. (虛釣若爲餐)

* 이하상 옮김.

정사룡은 민간에서 이것을 '견지(牽之)'라고 한다는 부제를 달아놓았다. 이는 순수 우리말일 것이라는 게 이하상 선생의 주장이며, 이는 전적으로 타당한 견해다. 시의 내용을 보아도 대를 드리우고 있는 일반 대낚시가 아니라 '손가락 움직이는' 견지낚시임이 확실하다. 즉, 이 시는 이미 16세기에 견지낚시가 지금의 형태로 확실하게 자리 잡고 있었다는 결정적 증거 자료가 되는 것이다. 문헌상으로 16세기에 확실하게 나와 있다면 견지낚시의 역사는 그 이전으로 소급될 수도 있을 것이다. 이 한국 고유의 전통낚시의 주체인 견짓대는 아마도 명주 줄이 나일본 술로, 대나부가 카본이나 유리섬유 제품으로 바뀌었을 뿐 그 형태는 수백 년 전이나 지금이나 거의 동일하다.

견지낚시의 준비물은 의외로 간단하다. 견짓대, 수장대(물속에 살림망을 걸어둘 수 있게 한 긴 장대), 살림망, 미끼통만 있으면 가능하다.

견지낚시는 방법도 간단하다. 여울견지의 경우 여울이 끝나고 소(沼)가 시작되는 수심이 적당한 곳에 수장대를 세우는 일로부터 낚시가 시작된다. 수장대는 미끄러운 물속에서 지팡이 대용으로, 살림망을 매다는 것으로, 썰망을 사용할 경우 썰망을 다는 것으로도 사용할 수 있기 때문에 본격적으로 견지낚시를 즐기려면 반드시 필요하다. 다음에는 목에 미끼통을 걸고 아주 작은 견지 바늘에 미끼를 두어 마리 달아 물의 흐름을 이용하여 줄을 4~5m가량 푼다. 그 다음에는 크게 스침질(고패질이 상하로 채비를 올렸다 내렸다 하는 것이라면 스침질은 수평으로 채비를 챘다가 풀었다 하는 과정)을 한다. 그러면서 물의 흐름에 따라 깻묵 같은 밑밥을 요령껏 살살 풀어서 고기를 모으고 잡아내면 되는 것이다.

견지낚시의 요령은 포인트를 잘 선별하고, 밑밥을 물의 흐름에 잘 동조시켜, 절도 있는 스침질로 고기를 잡는 기술이다. 누구나 한두 시간만 연습하면 쉽게 잡을 수 있다. 모든 낚시가 그렇듯이 견지낚시의 관건은 포인트 찾기이다. 흔히 내린천이나 평창강 같은 곳에 가면 여울과 소가 반복된다. 그중에서도 적당한 수심과 여울의 흐름을 잘 살펴 포인트를 찾는 눈썰미가 있어야 한다. 이것은 다년간의 경험이 필요하다. 초보자의 경우, 다른 사람이 견지낚시를 하고 있는 곳에서 양해를 구하고 뒤에 슬그머니 서는 것도 좋은 방법이다. 피라미나 갈겨니를 대상으로 하는 낚시에선 보통 2~3분에 한 마리씩 낚아야 정상이다. 그 이하의 조과라면 지루하기 그지없는 것이 또 견지낚시다. 때문에 한 5분 해도 안 잡히면 미련 없이 자리를 옮겨야 한다. 견지낚시는 기술보다는 물의 흐름과 지형을 읽는 안목이 낚시의 성적을 좌

견지낚시는 피서 낚시다. 잡은 피라미를 들어 보이는 꾼.

견지낚시는 방법이 쉬워 어린이도 즐길 수 있다.

견지낚시가 좋아 내린천 미산계곡에 '청조담'이라는 집을 짓고 정착한 김상훈 씨.

우한다.

견지낚시의 미끼는 전통적으로 깻묵과 파리의 애벌레인 구더기다. 물론 구더기는 양식한 것으로 깨끗하다. 견지꾼들은 구더기란 말이 좀 혐오감을 주니까 '구 씨', 혹은 '덕이'라고 하기도 한다. 견지바늘 4호나 5호 정도에 덕이 두세 마리를 꽁지에 꿰고 줄을 풀면서 견짓대를 상류 쪽으로 치고 두세 바퀴 풀고 치고, 풀고 치고 하는 것이다. 이때 견짓대를 잡지 않은 한 손으로는 깻묵가루를 조금씩 물에다 흘린다. 그러면 대개 10m 정도 안에서 입질이 온다. 물 흐름이 강하면 편납을 조금 무겁게 하고 흐름이 약하면 편납을 떼서 흐름을 잘 타게 하는 것도 요령이다. 복잡할 것 같지만 이 모든 과정은 미끼만 만질

42

수 있다면 상당히 쉬운 편이어서 아이들이나 여성들도 금방 잡아낼 수 있는 것이 견지낚시이다.

하지만 견지낚시도 자연 속에서 하는 낚시인지라, 비가 많이 와 흙탕물이거나 물이 맑아졌어도 수량이 많아 포인트가 형성되지 않으면 쉽지 않은 낚시가 된다. 그것만 제외하면 6월경부터 9월경까지 견지낚시는 피서에 딱 적합한 그런 낚시다.

물에 몸을 담그니 육신이 시원하고 강고기를 꼬드겨내니 손이 즐겁고 눈을 들면 청산과 녹수가 다가오니 눈이 시원하고 귀 기울이면 산새소리와 물 흐르는 소리 들리니 귀가 호강하는 그런 입체적인 낚시가 바로 견지낚시다.

그래서 조선 중기의 문신인 소세양(蘇世讓, 1486~1562)도 다음과 같은 시를 남겼다.

앞개울에서 낚시 (前溪釣魚)

한 줄기 물이 마을을 지나 흐르고, (一水穿村過)

고기 떼 멋대로 놀고 있다. (群魚得計游)

낚싯대에 빗방울 부딪치는 여울 가이고, (漁竿衝雨傍溪頭)

붉은 여뀌 가득 찬 가을 강이다. (紅蓼滿川秋)

여울이 급해 미끼를 자주 주지만, (灘急頻投餌)

물결이 차서인지 뜨문뜨문 낚이네. (波寒懶上鉤)

끓이고 회쳐서 흥은 유유한데, (炊香膾玉興悠悠)

모래사장 갈매기는 한가롭기만 하네. (機熟狎沙鷗)

* 이하상 옮김

늦여름부터 가을 초입까지 유유자적의 낚시를 하러 한번 떠나볼
까.

스승을 보내고 백령도에서 우럭을 잡다

2000년 9월 14일 황순원 선생이 돌아가셨다. 여러 상황이 있었지만 내가 1979년 경희대학교 국어국문과에 입학하게 된 결정적 동기는 황순원 선생이 그 학교에 계셨기 때문이다. 선생이 돌아가시고 나는 5일장을 하는 동안 거의 매일 밤을 새웠다.

선생의 장남인 황동규 시인도 깊은 슬픔에 빠졌다. 슬픔의 바다에 빠진 황동규 시인을 구출하기 위해서 평소 황동규 시인과 자주 여행하던 팀이 바다로 여행갈 계획을 짰다. 눈물보다 바닷물이 더 짜고 양도 많으니까 인간의 눈물은 바닷물에 희석되기 마련이다. 홍신선 시인, 김윤배 시인, 김명인 시인, 평론가 이숭원 교수 그리고 나. 여섯 명의 일행은 10월 초 조금 물때에 맞춰 인천 연안부두에 아침 일찍 모여 백령도행 쾌속선을 탔다.

백령도에 도착하자마자 점심을 먹고 예약해 둔 낚싯배에 옮겨 탔다. 바다는 쾌청, 파도도 없고 2물이다. 최적의 상태가 아닌가. 일행 중 배낚시를 해본 사람은 나와 김명인 시인뿐. 나머지는 다 처음 낚싯배를 탄 사람들이다. 나만 낚싯대를 들고 다른 분들은 자새 채비. 배는 대청도 앞 바다 쪽으로 한 30분 나아가더니 채비를 내리란다. 선장에게 적게 잡아도 좋으니 밑 걸림이 적은 곳으로 가자고 미리 부탁했다. 다들 고기가 잡힐까 의아해 하는 눈치다. 바다 풍광이 좋으니 안 잡힌들 어쩌랴 하는 생각들을 하고 있을 게다. 하지만 내가 워낙 확신을 가지고 고기가 잡힌다고 하니까 채비를 내리긴 내린다. 모두들 처음 자새를 사용하는지라 서툴게 천천히 줄을 내렸다. 내리자마자 거의 동시에 모두의 채비에 입질이 온다. '아이쿠, 이게 뭐야' 하면서 줄들을 올린다. 거의 모든 채비에 우럭이 쌍걸이로 주렁주렁. 씨알도 준수하다. 3짜 후반에서 4짜 초반이 대부분이다. 포인트고 뭐고 없다. 어탐기도 GPS도 없는 목선이건만 고기는 계속해서 물어댄다. 몇 번 채비를 담구고 고기를 잡고 배를 한 20분 흘렸다가 다시 원위치. 계속 반복이지만 우럭은 계속 물어댄다.

나는 황동규 시인의 채비에 미끼를 달아주고 고기 떼 주고 하면서도 연신 잡아낸다. 중간에 선장이 회를 쳐, 가져간 와인과 위스키로 술판을 벌인다. 오후 2시부터 5시까지 낚시. 완전 초보인 황동규 시인이 23마리의 조과를 올렸다. 나와 김명인 시인은 각각 한 50여 마리. 다른 분들도 많이 잡았다. 심지어 황동규 시인이 술을 마시기 위해 낚시를 그만 하려고 자새에 줄을 감기 위해 마지막으로 줄을 내렸을 때도 두 마리가 달려 있었을 정도였다. 엄청난 양의 술과 회를 먹고 짧은 가을해가 뉘엿뉘엿 할 때 백령도로 귀항.

왼쪽부터 이숭원 교수, 김윤배, 황동규, 홍신선, 김명인 시인.

　잡은 고기가 많아, 김명인 시인이 솜씨 좋게 우럭 배를 갈라 소금을 뿌린다. 김명인 시인은 울진 출생으로 고등학생 때 오징어배를 탔다가 워낙 고생을 해서, 차라리 공부를 열심히 해 대학 가자 해서 고려대학교에 입학을 하신 양반이다. 김명인 시인이 배를 갈라 내장을 빼면 김윤배 시인이 소금을 치는 이인 일조의 작업으로 그 많은 고기 손질이 끝난다.

　그 사이 황동규 시인은 대취했다. 어디선가 넘어져 무릎에 찰과상. 약방엘 갔더니 문을 닫아 민박집 자전거를 타고 파출소로 가서 구급약을 얻어와 상처를 대충 소독하고 약을 발랐다. 부친의, 스승의 부재(不在)에 대한 슬픔을 삭이고 일행은 바다와 술과 우럭 안주와 인

우럭 한 마리를 올리고.

간의 정(情)으로 즐거웠다.

다음날 오전 일행은 백령도 관광을 했다. 두무진으로 가서 관광배를 타고 서해 물개와 해안절경을 보고, 황해도 해안 쪽으로 서 있는 심청각에 올랐다. 심청각에는 한 무리의 시각장애자 분들이 단체 관광을 와 있었다. 안내자가 '심청이가 아버지를 위해 공양미 삼백 석에 팔려 몸을 던진 곳이 바로 저기다'라고 하자 모두 장산곶 쪽을 향해 마치 보는 듯이 바라보는 것이 아닌가. 어떻게 생각하면 좀 우스운 장면이지만, 그들은 간절한 염원의 현장을 마음으로 보고 있는지도 모른다는 생각이 들었다. 간절함이 무엇을 이루는 법이다. 나는 간절함

48

이 없어 인당수가 잘 보이지 않았다. 다만 암초가 많고 풍랑이 심해 뱃사람들은 고전소설 속의 한 장소가 '바로 여기야'라는 전설 같은 이야기를 만들어 냈을 것이니, 바로 그곳이 우럭 포인트로는 아주 제격일 거라는 낚시꾼다운 이기적인 생각을 했을 뿐이다.

비행기가 이착륙할 수 있다는 천연비행장이라는 사곶해변을 보고 냉면으로 유명한 사곶냉면집에 가서 점심을 먹었다. 북한 출신 주인장이 정통 평양냉면을 뽑아내는 이 냉면집은 서울의 유명한 평양냉면집 맛과 겨루어도 손색이 없을 정도였다. 그리고는 우럭 한 상자씩을 들고 오후 배로 인천으로 돌아왔다.

황동규 시인이 약간의 찰과상을 입은 것을 제외하면 유쾌 통쾌한 여행이었다. 문제는 일행들이 '우럭낚시는 무척 쉽다, 넣으면 나온다'는 편견을 가진 것이었다. 사실 그런 호조황을 만난 것은 낚시꾼 입장에서 본다면 일생일대의 한두 번 정도 있을 대사건인데도 불구하고 처음 낚시해서 그렇게 잡은 일행은 우럭낚시를 만만하게 보기 시작했다. 2년간은.

(2002년 가을, 같은 일행들이 백령도로 가기 위해 모였다. 주의보가 막 해제되어 쾌속선 손님이 넘친 관계로 인해 백령도는 가지 못하고 대신 덕적도로 향했다. 낚싯배를 빌려 낚시를 했으나 바람에 밀려 일행 중에 김명인 시인만이 단 한 마리의 간재미를 낚았다. 나는 속으로 쾌재를 불렀다. 낚시는 자판기가 아닙니다!)

우럭낚시의 추억

안개가 조금 끼었지만 바다는 장판. 다들 호조과를 잔뜩 기대했지만, 진일님을 제외하고는 거의 모두 몰황. 저의 조황은 오전에 놀래미 한 마리, 오후에 우럭, 대구(애구), 삼숙이, 놀래미 각 1마리. 모두 방생 사이즈를 갓 벗어난 크기. 진일님 등이 잡은 고기로 회 맛은 보았지만 조금 실망스런 조과였습니다.

그런데 참 이상하지요. 왜 어째서 진일님만 대구에 우럭까지 쿨러가 찰 정도로 잡았을까? 재수일까요? 경험일까요?

선미에서 낚시를 하면서 진일님의 낚시 기법을 자세히 보았습니다. 모두 경험했겠지만 이른 봄에는 입질이 참 간사했지요. 깔짝깔짝하면서 채곤 했는데 이게 거의 타이밍이 맞질 않았던 거지요. 올라오다가 떨군 것도 몇 번 있고. 그런데 진일님은 입질이 오면 바로 채질 않고 약간 내리는 듯하면서 기다리더군요. 조금 있다가 살짝 들어보고. 무게가 느껴지면 그때부터 천천히 감고. 역시 노련한 고수였습니다. 어차피 깔짝거리는 놈이면 놀래미일 가능성이 많기 때문에 놀래미를 포기하고 기다리는 거지요. 미끼를 크게 사용하고 때를 기다린다, 이런 전략이었겠습니다.

활성도가 높지 않을 때는 그렇게 하는 것이 방법인 모양입니다. 그것을 터득하고 나서 드디어 대구를 한 마리 잡았는데 아쉽게도 철수 시간. 많은 것을 배운 하루였습니다.

사실 저는 멀리 나가는 침선이 싫어 본격적인 대구 출조는 아마도 처음인 듯합니다. 서해안에서 대구낚시가 시작된 것도 사실 몇 년 되지 않았지요. 3년 전인가 프로호를 타고서 1m 가까운 대구를 잡은 게 처음입니다. 그때 대구를 잡아 집에 갔더니 어머니께서 하시는 말씀, 해방 전에 이만한 대구가 장에 나와서 가끔 한 마리를 아버지(저에게는 외조부)가 사오시면 온 식구가(20여 명) 국을 끓여서 배불리 드셨다는군요. 저의 외가가 경북 선산이고 보면 그 내륙까지 대구가 팔렸다는 것은 아마도 해방 전에는 대구가 무지 많이 잡혔다는 거겠지요.

제가 아는 바에 의하면 대구는 진해만을 중심으로 해서 서부 경남에서 아주 많이 잡힌 고기일 것입니다. 해방 전 백석이라는 유명한 시인의 시에 대충 '경남 통영에 갔더니 집집마다 아이 머리통만한 대구를 말리고 있더라'라는 내용의 구절이 생각나기도 합니다. 그러다가 남획 때문인지 대구는 아주 귀한 고기가 되었고, 일식집에 가면 생대구탕은 귀족 대접을 받았지요. 얼마 전부터 남해안에서 치어 방류 사업이 시작되었고, 요즘에는 다시 대구가 돌아왔다고 하는 기사를 본 적이 있습니다.

여하간에 그날 잡은 대구로 탕을 끓였는데 별로 맛이 없었고, 그 다음에는 가끔 대구를 잡으면 배에서 바로 해체를 해서 내장과 머리통은 버리고 살만 포를 떠서 명절에 부침개(전) 재료로 사용했습니다. 그런데 시장에 가면 부침개로 사용할 대구는 지천으로 널려 있고 값도 얼마 하지 않아요. 그래서 저는 대구낚시에 별 흥미를 느끼지 못했습니다(우럭이나 광어는 다른 차원이지요).

하기야 대구를 가지고 요리를 잘 못해서 맛이 없었을 겁니다. 삼각지 부근에 냉동 대구로 대구탕 잘하는 집이 몇 군데 있고, 동아일보 사옥 바로 옆 청계천 쪽에 유명한 〈원대구탕〉이라는 집도 있는데, 이들 모두 점심시간에는 줄을 서지 않으면 맛보기 힘들 지경이기도 합니다. 냉동 대구로 하는데 말이지요. 생태탕 잘하는 집이야 교보문고 부근에 있는 〈안성 또순이집〉이나 〈마포 진미집〉에 가면 또 있지만, 동태로도 기가 막힌 맛을 내는 집이 있기도 합니다. 종로 4가 보령약국 바로 뒤 〈연지동태국〉이란 곳엘 가면 역시 줄을 서고 있답니다. 이 집의 얼큰한 동태국은 속 풀이에 그만이기도 하지요. 다 요리하기 나름인 게지요.

저는 진일님의 조언대로 집에 와서 대구를 포를 뜬 다음 약 30분가량 냉동실에 넣어 살짝 얼렸다가 썰어 먹으니까, 부드럽고 담백한 맛이 있더라구요.

'세상에서 가장 맛있는 음식의 숫자는 세상의 어머니의 숫자와 같다'라는 말이 있는 것처럼, 음식의 맛은 개인의 경험이 중요시되고 그 다음에는 요리 방법, 그 다음에는 재료, 이런 것이 아니겠습니까? 어떻게 먹느냐가 중요한 거지요.

씨알 좋은 우럭과 회 한 점. 김치에 싸서 먹어도 맛있다.

사실 안흥이나 신진도의 각 배에서 끓여주는 우럭매운탕이 저는 맛있는 줄 모르겠습니다. 그 싱싱한 재료로 왜들 그리 맛없게 끓이는지.

어릴 때 저의 어머니는 조기매운탕을 잘 끓였지요. 70년대 초반에는 조기가 흔했습니다. 어물전에 가면 알 밴 싱싱한 조기를 쉽게 만날 수 있었지요. 제가 어머니에게 조기매운탕이 먹고 싶다고 하면 어머니는 저에게 천 원을 주면서 사오라고 했지요. 물 붓고, 끓으면 손질한 조기 넣고, 양념 다데기 넣고, 파 넣고, 날계란을 풀어서 넣고, 다음에 쑥갓을 넣자마자 상에 내면, 그 맛이야 일품이지요. '날계란을 푼다'에서 의아하게 생각하시는 회원 분들도 아마 상당 있을 겁니다. 그렇지만 그게 좋아서 지금도 우럭매운탕을 끓여도 그렇게 합니다. 어머니의 손맛에 대한 입맛의 추억 때문이겠지요.

우럭낚시도 그렇습니다. 제가 처음 바다낚시를 한 게 91년쯤입니다. 통영에 행사가 있어 3박 4일 머무를 일이 생겼는데, 제가 할 일이 별로 없어 낚시점에 가서 릴대하고 큰 스피닝릴하고 묶음추하고 갯지렁이를 사서, 숙소 앞 바다에 무작정 던졌지요. 도다리 두어 마리, 놀래미, 붕장어, 이런 걸 잡았던 기억이 납니다.

그 다음 해인가 가을에 그 낚싯대를 가지고 덕적도로 갔습니다. 쾌속선이 없던 시절이라 2시간 반쯤 걸렸고, 당일로 돌아오기 위해선 오후에 나와야 했기에 선착장 부근에서 무작정 던졌더니 망둥이가 잡히더라구요. 그날은 햇살에 햇빛의 알갱이가 만져질 정도로 투명한 가을날이어서 몇 마리 망둥이도 그렇게 즐겁더라구요. 연안부두에 도착해서 동인천 지하철역까지 택시를 타고 가는데, 기사가 묻더라구요. 많이 잡았냐구요. 그래서 덕적도 가서 망둥이 몇 마리 잡았다니까, 다음부터는 그러지 말고 새벽에 남항부두로 가라더군요. 거기서 배 타면 하루 종일 낚시한다고. 그래서 그 다음 주 일요일 남항부두로 갔지요. 그 다음부터는 뻔한 수순입니다. 여러분처럼 우럭낚시 팬이 된 거지요. 당시엔 40인이 타는 철선이었지요. 여러 낚싯배를 전전하다가 백마호로 안착했지요. 당시는 거의 바닥 끝낚시 위주였고, 봉돌도 인천에는 50호를 사용했지요.

처음 안흥으로 갔을 때의 일입니다. 친구하고 둘이서 사리 때인데 (사리 때가 뭔지도 모르고) 안흥으로 간 적이 있었습니다. 신진도 방파제에서 원투낚시나 하려고 미끼를 사러 낚시가게엘 갔더니, 우연히 놀러왔던 차 선장(지금 바다호 선장이던가?)이 자기 배를 타라고 하더라구요. 그때가 오전 10시쯤 되었는데 몇 시간만 하면 먹을 만큼 잡는다고 하더라구요. 5만 원인가 내라고 해서 좀 비싸다 생각하면서도 그 배를 탔지요. 그런데 이게 웬일입니까? 지금 생각하면 가의도 바로 옆인데 넣으면 쌍걸이가 나오더라구요. 서너 시간 만에 각각 40여 마리 잡았던 것으로 기억이 납니다. 씨알도 좋았지요. (지금 생각하면 꿈같은 시절이지요.)

그리고 세월이 흘러 서해안고속도로가 개통되고, 낚시꾼이 많아지고, 어초낚시가 생기고, 침선낚시가 생기고, 싱글라인코리아도 생기고, 4~5시간이나 나가도 꽝인 날도 있고, 한겨울에도 낚시를 하고…… 한 15년 만에 많은 변화가 생겼지요. 앞으로 어떻게 될까요?

한 10년 무엇을 하면 그 일에 자부심과 더불어 자만심이 생기기 마련인데, 이번 정출에서 역시 강호에는 고수가 많다는 사실을 새삼 느낍니다. 깨갱한 거지요. 진일님을 보고 그런 생각을 했지요. 술 드시고 입심 풀고 낚시하고, 후배들 챙기고 등등. 재작년 봄인가 태권브이님의 어초낚시 모습을 보고 많이 배웠는데 이번에도 많이 배웠습니다. 진일님 고맙습니다. 청출어람이란 말이 있듯이 다음에는 제가 더 많이 잡겠습니다.

―4월 7일 신진도 세진호 11물.

대어를 떨구고

🐟 친구 이경식 군과 새벽에 신진항으로 출발한다. 신진항에서 30분쯤 나갔나. 여밭에서 낚시 시작. 잔챙이 몇 마리. 백중사리에 3물인데, 물이 안 간다. 이어 어초로 옮김. 별 소식이 없고, 간간이 한 마리씩 올라온다.

다른 어초. 이번에는 물이 많이 간다. 1미터쯤 올려(물이 많이 갈 때는 예정 수심층보다 좀 더 아래로 깔아야 입질할 확률이 높기 때문에) 어초에 닿는 순간 낚싯대에 큰 충격이 온다. 반사적으로 챔질, 그러자 경질 낚싯대가 휘청휘청한다. 전형적인 대물의 입질이다. 이게 뭐냐. 힘을 쓴다. 고기도 힘을 쓴다. 그러나 안심. 합사줄을 새로 갈았고, 릴도 힘 좋은 시마노 오시아 지거 2000으로 갈았기 때문이다.

정석대로 일정한 속도로 릴링. 선장님이 낚싯대의 휨새를 보더니 깜짝 놀라 내 옆으로 온다. 계속적인 저항. 20미터쯤 끌어올렸나. 40미터 정도 수심이니, 이제 반 남았지, 하는 순간 갑자기 이놈이 크게

대어를 떨구고 망연자실.

힘을 쓰더니, 그만 낚싯대에 텐션이 사라지고, 무게감이 없어진다. 올려보니 바늘은 다 달려 있는데, 아래바늘의 미끼만 사라졌다.

허무함. 망연자실. 담배 한 대를 물고 나니 낚시하고픈 생각이 사라진다. 놓쳐서 그런 생각을 하는지도 모르지만, 우럭낚시 십수 년 만에 최대어였다는 느낌이었는데……. 개인 최대어 기록이 우럭 65, 대구 95였는데, 이번에 기록이 깨질 수도 있었는데……. 올려보면 그보다 작았을지 모르지만, 손맛으로는 분명히 그랬다. 아깝다, 아까워. 나를 버리고 도망간 그 여자가 더 그립듯이, 이놈도 오래도록 기억에 남을 것이다.

그러다가 혹시 광어가 아니었을까, 라는 생각도 들고, 아니야, 우럭이 맞을 거야, 라는 생각도 들고. 한 30분을 허망하게 앉아 있다가 다시 낚시를 시작했다. 철수 때까지 15수, 4짜 초반 한 수, 3짜 후반 2수, 나머지 12수. 그런대로 괜찮은 조황이었지만 아쉽고 미련이 남는다. 무엇이 실수였을까? 바늘을 24호로 조금 작게 쓴 것이 마음에 걸린다. 그렇지만 그놈이 살 운명이 아니었을까? 다음에 그런 대물을 또 만날 수 있을까? 이래저래 낚시는 아쉬움이다.

무창포 쪽에 보구치가 입성했다고 한다. 30~40마리 정도 잡았다고들 한다. 태풍의 영향만 없다면 다음 조금 무렵부터 보구치낚시가 시즌을 맞이할 것 같기도 하다. 그것이 끝나면 갈치 시즌, 전어 시즌이 오고, 다음에는 또 가을 우럭이…….

잡을 고기는 많은데, 인생은 짧다.

—8월 5일 3물 파도 거의 장판, 수온 25.6도. 신진항 은양호

격렬비열도 농어 루어낚시

낚시를 하다 보면, 분명 물때도 괜찮고 날씨도 좋은데 조황이 형편없는 경우가 있다. 그럴 땐 선택에 대한 후회가 있기 마련이어서 다른 유선 홈페이지를 들어가 보고, 다행히도 다른 배들도 조황이 형편없으면, 하늘의 뜻이겠거니 혹은 자연의 조화이겠거니 하고 마음이 너그러워지는 경우가 있다.

어제가 그런 경우였다. 안개가 많이 끼긴 했지만, 조건이 괜찮은 편이었는데, 번출로 간 농어루어와 우럭낚시는 황폐함을 벗어나지 못했다. 그런데 오늘 인터넷으로 서해안의 여러 조황을 확인해 본 결과, 덜 성질나게도 대부분의 조황이 형편없었다.

그럼 그래야지. 원래 낚시란 놈이 최고로 기분 좋은 것이, 나만 잘 잡고 다른 사람 못 잡았을 때(이때 표정 관리를 잘해야 한다), 제일 기분 나쁜 것이 다른 사람 큰놈 연이어 올릴 때 나만 못 잡는 것이며(이때도 역시 표정 관리를 잘해야 한다. 잘못하면 소인배로 낙인찍힌다), 그 중간에 모두 잘 잡을 때와 모두 못 잡을 때가 놓여 있다. 모두 못 잡으면 그다지 기분 나쁜 것은 아니다. 하늘의 뜻이고, 대자연의 섭리니까. 그러니까 '하필 나만 못 잡느냐'와 '유독 나만 잘 잡는가' 사이에서 여러 스펙트럼이 존재하는 것이다.

아무도 없는 내린천과 같은 깊은 심산유곡의 강가에서 혼자 견지 낚시를 하다 보면, 조과에 대한 감정은 사라지고, 이를테면, 춥다, 배 고프다, 오줌 마렵다 등의 단순한 육체적 생리적 반응과, 손맛으로 전해지는 물고기와 나 사이의 반응만이 존재한다. 그런데 우스운 것은 그런 낚시도 좋지만, 우럭낚시처럼 여럿이 모여 하는 낚시도 가끔 성질이 나긴 해도 역시 재미있다는 것이다. 인간이 사회적인 동물이고,

오랜 낚시 친구, 번역가이자 시나리오 작가 이경식 군.

60

신진도 부근의 무인 등대. 이 부근은 파도가 높고 암초가 많아 고려시대부터 많은 선박들이 좌초한 곳이다.

그래서 타인이 나를 알아주는 인정 욕구에서 벗어날 수 없다는 것을 우럭낚시가 늘 확인해 준다.

하여튼, 초보자들이 잔뜩 낀 농어루어 출조팀은 5조로 나누어 2~3명씩 격렬비열도 곳곳에 상륙했고, 나는 선장과 한 조를 이루어 선상낚시를 감행했다. 나머지 10여 분은 선상 우럭낚시.

결과를 말하지면, 힌 팀은 10여 수, 한 딤은 2수, 나머시 팀은 쌍. 나 역시 선장과 둘이서 여러 포인트를 돌면서 어깨가 아프도록 미노우를 집어던졌지만, 꽝을 면치 못했다. 수준급이라 할 수 있는 선장 역시 여러 방법으로 노력을 했지만, 농어, 부시리 구경 한 번 못했고, 나는 아침 일찍 한 마리를 걸었는데, 작은 녀석이어서 '들어뽕' 하다가 놓친 이후 한 마리도 구경 못했다.

그 경위를 잠깐 말하자면, 26그램짜리 플로팅 미노우를 던지니까, 농어가 코앞까지 따라오다가 돌아서는 모습이 보여서, 루어를 회전판이 있는 작은 싱킹으로 바꾸니까 바로 후킹이 되어 다 잡았다 하는 순간 들어뽕으로 놓치고 이후 입질은 전무했다. 경험자들의 말을 종합하면, 한번 놓치면 그놈이 전령사가 되어 동네방네 소문낸다나. 그러니까 농어루어낚시에서 절대로 들어뽕으로 놓치면 안 된다는 이야기다. 그러나 그게 어디 마음대로 되나.

하여간 처음으로 시도한 농어루어낚시는 참으로 팔 아프고 심심한 낚시였다. 물론 못 잡았으니 그런 말을 하는 것이겠지만, 반대로 순식간에 치고 빠지는 농어 잡겠다고 온종일 던져야 하는 그 비생산적인 낚시는 정신수양과 체력단련에는 안성맞춤인 낚시였다.

제2부
테마낚시

우럭 선상낚시

🐟'돈 주고도 못 사먹는 자연산'이면서도 그 양도 보장할 수 있는 대표적인 낚시가 우럭 선상낚시다. 감성돔낚시를 제외하면 수도권에서는 가장 대중적인 낚시가 우럭 선상낚시이기도 하다. 우럭 선상낚시는 일 년 내내 할 수 있지만, 보리가 익고 아카시아 꽃이 피는 5월과 6월, 추석 무렵부터 단풍이 드는 11월까지가 최적기다.

우럭낚시에서 조과를 보장받으려면 세 가지 조건이 잘 맞아야 한다. 첫째, 날씨와 바람, 물때 등의 기후적이거나 자연적인 요건이 중요하다. 베를 다고 하는 낚시이니 바람이 불거나 풍랑이 일거나 하는 자연적인 악조건에서는 낚시 자체가 불가능하다. 이 조건이 맞아도 사리 주변에서는 물의 흐름이 너무 빠르고 물색이 탁해져 조과를 보장받기 힘들다. 대개 조금을 전후한 1주일 정도가 우럭낚시의 적기다. 먼 바다에서 이루어지는 침선낚시의 경우 물때의 영향은 적게 받

우럭을 잡아 회를 뜨고, 소주 한 잔, 나머지는 매운탕으로.

는다.

　둘째, 선장을 잘 만나야 한다. 우럭은 사는 곳에서만 산다. 대개 우럭이 서식하는 3대 포인트는 여밭(바다 밑 지형이 바위나 자갈 등으로 형성되어야 우럭이 은신하며 먹이 활동을 할 수 있다), 어초(인공 구조물), 침선(침몰한 배가 있는 포인트)이다. 요즘 웬만한 우럭배들은 어군탐지기와 GPS를 운용하여 그런 포인트를 GPS에 미리 입력해 놓고 고기가 있는 곳을 찾아다니지만, 선장의 경험과 성실도에 따라 조과 차이는 상당하다. 선장이 배를 대는 기술도 중요하다. 같은 포인트

66

라 하더라도 어떻게 배를 대느냐에 따라 고기가 잡힐 수도 잡히지 않을 수도 있기 때문이다. 선장에 따라 자기만의 비포, 특포(비밀 포인트와 특별 포인트의 준말. 다른 배는 모르는 자기만의 포인트가 있다. 낚시 중에 다른 배가 접근하면 얼른 포인트를 이동한다)가 있는 경우도 있다.

셋째, 낚시꾼의 기술이다. 우럭 선상낚시의 적은 밑 걸림과 줄 엉킴이다. 보통 20여 명의 낚시꾼이 다닥다닥 붙어서 낚시를 하므로 선장의 지시에 따라 일사불란하게 동시에 채비를 투하하고, 동시에 같이 올려야 한다. 보통 80호에서 100호 봉돌(300~375g 정도)을 사용하는 무거운 채비라도 서해바다의 유속은 워낙 빨라 동시에 채비를 투하하지 않으면 옆 사람과 채비가 뒤엉켜 효율적인 낚시를 하기 힘들다. 우럭 선상낚시는 확률 게임이나 마찬가지다. 바다 바닥이 험하고 채비가 잘 걸리는 곳일수록 우럭이 서식할 확률이 높기에, 고패질(아래 위로 낚싯대를 움직이는 행위)을 적절히 하여 채비가 걸리지 않고 고기를 낚아내는 요령이 필요한 것이다. 물론 이것은 어려울 수도 있고, 쉬울 수도 있다. 여밭낚시의 경우 봉돌이 바닥에 닿는 느낌을 감지해야 고기를 낚을 수 있다. 이는 우럭 선상낚시의 대상 어종인 우럭, 광어, 놀래미, 대구 등이 거의 바닥에 서식하기 때문이다. 반대로 어초나 침선의 경우 일정한 높이로 채비를 띄워야 밑 걸림 없이 고기를 잡을 수 있다. 상황에 따라 잘 대처하는 것이 바로 실력이다.

우럭 선상낚시도 한 20여 년 전에 비하면 엄청나게 진화했다. 자새(손으로 감는 채비)에서 합사가 감기는 릴과 낚싯대로, 요즘은 전동릴까지 등장했다. 출항지도 인천의 남항부두나 만석부두가 주축을 이

루다가 충남 안흥항이나 신진도항, 서천의 홍원항, 전북의 새만금이
나 군산항, 격포항에 이르기까지 서해바다 전역이 우럭낚시의 출항지
로 각광을 받고 있다. 게다가 이른바 유명 선장이 모는 배는 한 달 이
전에 예약을 하지 않으면 거의 타기 힘들다. 하지만 웬만한 배를 타도
위의 세 가지 조건을 어느 정도 갖춘다면, 다른 낚시에 비해 쉽게 많
은 양의 우럭과 놀래미와 광어를 잡을 수 있어 늘 자신과 가족과 친
구들의 입을 즐겁게 해줄 수 있는 낚시가 바로 우럭 선상낚시이다. 배
위에서 갓 잡은 고기로 회를 쳐서 소주 한 잔 하며, 넘실대는 배의 움
직임에 몸의 리듬을 맡겨보지 않은 사람은 그 즐거움을 모른다. 단
하나, 뱃멀미를 하는 분들에게는 우럭 선상낚시가 가장 괴로운 낚시
가 될 것이다.

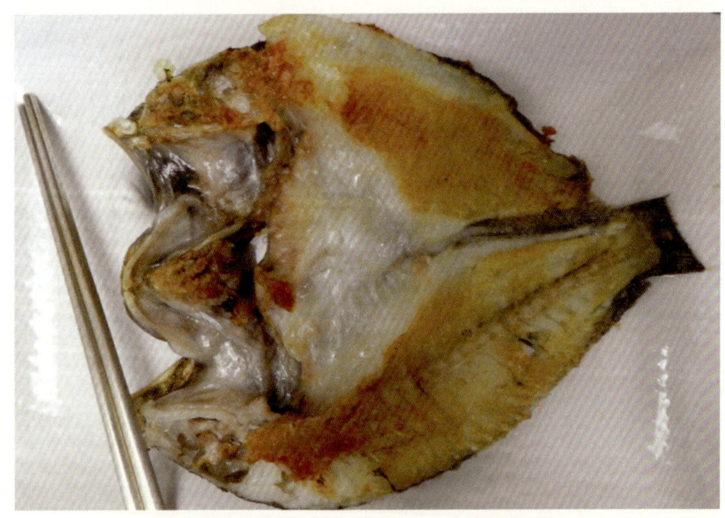

우럭을 등에서 칼을 넣어 내장을 빼고 소금 간을 하여 구워 먹거나 쪄 먹어도 별미다.

선상에서 잡은 고기는 즉시 아가미에 칼을 찔러 넣어 피를 빼고 아이스박스에 보관하는 것이 좋다. 피를 빼도 햇볕에 잠깐이라도 노출되면 부패가 시작되기 때문에 피를 뺀 즉시 아이스박스에 넣는다. 물칸이 있는 배라면 물칸에 살려두어도 좋지만, 경험적으로 보면 물칸에 살려두는 것보다 즉시 피를 빼고 아이스박스에 보관하는 것이 더 육질이 좋다. 우럭과 같은 육질이 단단한 고기는 죽은 지 6시간에서 9시간 정도 지나면 육질은 덜 단단하지만 회의 감칠맛은 증가한다. 아이스박스에 있는 얼음이 녹아 물고기에 직접 닿으면 회 맛이 떨어진다. 따라서 얼음 대신 아이스 팩을 사용하거나 페트병에 물을 붓고 얼려서 사용하면 더욱 좋다. 하지만 봄철의 광어나 놀래미 같은 고기는 피를 빼고 보관해도 육질이 쉽게 물러진다. 때문에 놀래미와 같이 육질이 물러지기 쉬운 고기는 선상에서 즉시 먹는 것이 좋다. 우럭이나 가을철의 광어 같은 것은 육질이 단단하므로 보관만 잘한다면 다음날 먹어도 위생적으로도 문제가 없고, 맛으로도 전혀 손색이 없다.

우럭 어초낚시

🐟아카시나무 꽃향기가 온 천지를 뒤덮을 무렵이면 배낚시꾼들은 마음이 설레기 시작한다. 바로 이때가 우럭이 연안의 인공어초(人工魚礁)에 떼로 붙기 시작해 본격적인 우럭낚시가 시작되었음을 알려주기 때문이다.

인공어초는 물고기 아파트다. 콘크리트나 강재 등을 이용하여 인공적인 구조물을 만들어 바다 속에 시설하는 것이다. 1971년 국립수산과학원에서 개발한 사각형어초를 비롯하여 2010년까지 총 52종이 우리나라 연악 전 해역에 설치되었다고 한다. 초기 인공어초는 저인망어선의 불법어업을 방지하기 위하여 시설하였지만(인공어초가 있는 곳에 저인망 어업을 하면 그물이 걸려 찢어져 어업이 불가능해진다), 1980년 이후에는 어자원 조성을 위하여 시설되었다. 최근에는 어민들의 소득증대뿐만 아니라 바다낚시, 스킨스쿠버 등과 같은 해양레저 공간으로 활용하는 등의 다목적용으로 설치되고 있다고 한다.

낚시꾼 입장에서 보면 인공어초는 다만 고마울 따름이다. 먼 바다로 나가지 않아도 씨알 좋은 우럭, 놀래미, 광어 등과 같은 물고기를 집중적으로 그리고 대형급으로 낚아낼 수 있기 때문이다. 대개 인공어초는 경험적으로 보면 섬과 섬 사이의 비교적 넓은 바다에 있으며, 바닥은 모래나 펄이고 높이는 3~4m에서 7~8m에 이르는 것까지 다양하다.

일반 바닥 끝낚시에 비해 어초낚시는 상당한 기술을 요한다. 만약 어초 높이가 5m라면(대개 선장이 어탐기를 보고 말해준다), 봉돌이 바다 바닥에 닿는 순간 어초 높이의 70~80%에 해당하는 약 4m 정도의 줄을 감아 올려야 한다. 그리고는 큰 고패질 없이 기다리다가 어초에 봉돌이 닿는 느낌이 들면 줄을 조금씩 감거나 낚싯대를 들어 올려 채비가 어초를 타고 넘도록 해야 한다. 이것이 가장 기본적인 방법이고 대개 이때 고기가 입질을 한다.

하지만 입질이 없을 수도 있는데, 그 이유는 여러 가지가 있다. 첫째, 고기가 없는 경우. 둘째, 고기는 있지만 뭔가의 이유로 해서 고기가 입질을 안 하는 경우. 셋째, 낚시꾼이 수심을 잘못 맞춘 경우. 넷째, 선장이 배를 정확하게 대지 못한 경우. 이 네 가지 변수를 조합하면 수많은 경우의 수가 나오기 때문에 보이지 않는 바다 속 상황을 상상하면서 여러 가지 대응을 해야 하는 낚시가 바로 어초낚시인 것이다.

어초낚시에서 황당한 것은 수심을 정확히 맞추었다고 생각하는데도 옆 사람만 입질이 있고 자신에게는 입질이 오지 않을 때다. 대개 선미나 선수에 자리를 잡았을 때가 그러한데 이때는 배가 어초에 진입하면서 방향이 틀어졌기 때문이다. 선장이 어초에 진입한다고 했지만 바닥에 봉돌을 깔아도 밑 걸림이 없을 경우가 상당히 많다. 선장이 배를 엉뚱한 곳에 진입시켰기 때문이다. 결국 어초낚시의 핵심은 선장이 고기가 많은 어초에 얼마나 정확히 잘 진입시키는가 하는 것이다. 바로 이 점 때문에 배낚시를 경멸하는 찌낚시꾼들이 많다. 낚시꾼 자신의 능력으로 낚시를 하는 것이 아니라 선장의 능력으로 낚시를 한다는 것이다.

뭐 그렇게 말하면 할 말이 없다. 하지만 모든 낚시에서 낚시꾼의 능력은 사실 별게 아니다. 날씨, 조류, 바람, 지진, 해일, 수온 등의 자연적인 조건을 이겨낼 수 있는 낚시란 없다. 그것이 바로 낚시의 매력이다. 아무리 열심히 하고 능력이 있다고 해도 자연을 이길 수 없다는 것을 자인(自認)하는 것, 그것이 낚시의 핵심이라면, 선장의 능력도 그 자연적인 조건이라고 가정하고 주어진 상황에서 열심히 낚시를 하면 그만이다…… 라고 말은 하지만, 사실은 배 잘 대는 선장을 찾아 자연적인 조건이 좋을 것으로 예상되는 시기에 낚시를 하기 위해 낚시꾼들은 자신의 정보망을 총동원한다. 나의 경우도 예외는 아니고, 오히려 적극적으로 그런 선장을 찾아다니지만, 때로는 이러저러한 이유로 예약이 늦어 평범한 선장과 낚시를 할 때도 있다.

아카시향이 코를 찌르는 날 새벽 태안 안흥항에 도착해 배를 탔다. 늦게 도착하는 바람에 맨 앞자리에 자리를 잡았다. 바다가 장판같이 잔잔하게 반들거린다. 예감이 좋다. 아카시꽃이 피어 있고 물때가 좋고 바다에는 파도가 없다는 것, 연중 최고의 조건이다. 하지만 낚시

60㎝에 가까운 개우럭. 큰 우럭은 강아지만 하다고 해서 개우럭이다.

개우럭을 잡아 올린 여성 조사.

는 해보아야 아는 것. 바다는 자주 예감을 배반하기에 더 약이 올라 예감을 적중시키기 위해 바다로 나서는 경우도 많다. 그리고 그 예감이 빗나갔을 때, 욕심 때문에 '예감이 좋다'라고 일부러 마인드 콘트롤을 했을 가능성을 스스로 상기시키면서 스스로를 객관화시키려고 노력한다. 하지만 결국 지나고 보면 늘 '좋은 예감'을 가지고 낚시를 계획했다. 그러기에 나는 조금 무모한 낙관주의자다. 모든 낚시꾼들이 다 그럴지도 모른다. 하기야 그러한 '낙관'이 인생을 살게 하는지도 모르겠다.

낚시를 시작한 지 얼마 지나지 않아 조그만 우럭을 한 마리 낚아 올린다. 같이 간 동료도 한 마리. 일단 일차 목표인 소주 안주감은 확보. 불행히도 어초에 진입하면, 선미에 있는 꾼들에게서 입질이 시작되는데 바로 나와 내 동료 옆에서 입질이 딱 그친다. 배가 틀어지는 것이다. 이러면 별 방법이 없다. 봉돌을 바닥에 깔아보거나 해도 내 채비는 어초에 들어가지 않는 상황인 것이다. 무의미한 시간이 지나간다. 배는 옹도 근해에서 궁시도 근해로 포인트를 옮긴다. 그 와중에 반대편에서 낚시를 하는 한 여성 조사가 다급하게 남편 조사를 찾는다. 뭔가 걸렸는데 고기인지 그물인지 안 올라온다는 것이다. 남편 조사가 낚싯대를 인계받아 잠시 씨름을 하더니 '고기다!'라고 외친다. 낚싯대의 휨새가 장난이 아니다. 잠시 후 엄청난 크기의 우럭이 뱃전에 올라왔다. 크기를 보니 내 심장까지 발랑거린다.

선장과 내가 동시에 카메라를 들이댄다. 신문에 다음 주 금요일에 나올 거라고 하니 포즈를 잡아준다. 큰 고기 잡았을 때 카메라 들이대면, 싫다는 사람 그동안 한 번도 못 봤다. 초상권이고 뭐고 다 필요

없다. 그만큼 기분 좋고 자랑스러운 것이다. 줄자로 계측하니 60cm에 조금 못 미친다. 개우럭(강아지만 하다고 해서 붙여진 말)이다.

선장이 어제 국토해양부 장관배 바다낚시 대회가 있었는데, 대상이 57.5cm 우럭이었다고, 만약 이게 어제 나왔으면 '대상감'이라고 아쉬워한다. 상금이 200만 원이었단다. 그게 무슨 상관있으랴. 아내와 남편이 합작해서 잡은 이 우럭은 이제 그들 집에서, 동네에서, 친구들 사이에서, 하나의 전설이 될 것이다. 사실 6짜 우럭은 평생 우럭낚시를 해도 잡기 힘든 사이즈다.

그 이후 낚시는 소강상태. 서해에 사는 작은 돌고래인 상괭이가 낚싯배 주위에서 목격되기도 한 이날, 나에게는 예감이 역시 빗나간 하루가 되고 말았다. 아카시향이 코를 찔렀지만 조과는 우럭 두 마리에 놀래미 네 마리에 그쳤다. 하지만 동료는 제법 씨알 좋은 우럭과 놀래미를 잡아 가족들과 회와 매운탕을 먹게 되었다며 즐겁게 집으로 돌아갔다.

TIP 우럭 배낚시 출조 정보 사이트

요즘은 웬만한 낚싯배는 홈페이지가 있고, 그 홈페이지 속에 조황정보와 예약현황이 나와 있다. 조황정보는 간혹 과장이 있으므로 무조건 믿을 수는 없다. 개인 출조의 경우 일 인당 5만 원에서 11만 원 정도의 뱃삯을 받는다. 11만 원을 받는 배의 경우 대개 수심 깊은 먼 바다로 출조하기에 초심자라면 피하는 것이 좋다. 근해 위주의 배는 대개 7만 원선이다.

어부지리 바다낚시(www.afishing.com), 인터넷바다낚시(www.innak.kr) 같은 사이트에 들어가면 여러 정보를 접할 수 있다. 또한 싱글라인코리아(cafe.daum.net/slkor) 동호회도 있어 가입만 하면 정기 출조나 번개 출조에 동행할 수 있고, 동호인으로부터 낚시를 배울 수 있다.

우럭 침선낚시

지난겨울의 한파가 유독 심해서인지 2011년에는 바다의 저수온 현상이 두드러졌다. 벚꽃이 필 때면 연안의 우럭낚시가 시작되고 서해의 수온도 대개 9도 이상으로 올라가건만 4월 말이 되어도 연안에서의 우럭낚시는 몰황을 면치 못했다. 해마다 3월 중순부터 당진의 장고항에는 실치가 대량으로 잡히고 그때에 맞추어 실치 축제도 벌어지건만 그 실치마저 한 달이나 늦게 잡혔다고 한다.

수온이 낮으니 큰 고기들의 먹잇감이 되는 작은 고기(베이트 피시)가 형성되지 않기에 큰 고기들도 연안에서는 잡기 힘든 것이다. 이럴 때 선택할 수 있는 낚시가 침선낚시이다. 침선이란 침몰한 배의 준말이다. 수심 깊은 바다에 소나나 어군탐지기 등으로 침몰한 배를 찾아 데이터베이스를 만든 다음 그 포인트를 집중적으로 탐색하는 낚시가 바로 침선낚시인 것이다. 대상 어종은 주로 우럭, 대구, 놀래미, 광어 등으로 소위 손이 안 탄 침선을 만나면 불과 1~2시간 안에 쿨러를 가

득 채우기도 한다.

1990년대 중반 이후 선상낚시 인구가 폭발적으로 늘면서 수도권 낚시인들은 슬로건으로 내걸지는 않았어도 '좀 더 멀리, 좀 더 빨리'를 지상 명제처럼 받아들였다. 대개 고참꾼들은 인천의 남항부두나 만석부두로 가서 40여 명이 타는 철선에서 낚시를 시작했다. 낚싯대도 릴도 없었고 대개는 자새를 사용하여 어부들처럼 손의 감각만을 이용해서 고기를 잡았었다. 합사줄이 나오면서 장구통릴과 낚싯대를 사용하기 시작하여 최근에는 거의 모두가 전동릴을 사용하는 지경에 이르렀다. 배들도 10노트 내외의 느린 철선에서 이제 25노트에 육박하는 쾌속선으로 변해버렸다. 그러니 고기가 남아날 리가 있겠는가? 인천에서 출발하여 자월도, 승봉도, 이작도, 풍도 등에만 가도 풍족하게 잡던 것이 덕적도 넘어 울도, 백아도, 굴업도까지 나가도 조황은 시원치 못하다. 꾼들은 경기권을 벗어나 충남 태안의 안흥항과 신진도항, 그리고 더 남쪽 서천의 홍원항을 주목하기 시작했다. 마침 서해안고속도로의 개통으로 2시간대에 충남까지 갈 수 있게 되자 태안의 안흥항은 선상낚시의 메카로 급부상했다. 더 부지런한 꾼들은 군산 혹은 격포항까지 진출했고, 나아가 목포까지 육로로 가서 만재도까지 출조하는 열성분자들도 생겨났다.

부작용도 많이 생겼다. 실력 있다고 소문난 선장의 배는 물때가 좋은 날은 한두 달 전에 예약하지 않으면 배 타기도 힘들다. 배를 타도 서로 좋은 자리를 차지하기 위해 난리법석을 떤다. 취미로 즐기는 낚시가 욕망의 덩어리로 변해 아귀다툼을 벌이는 지경까지 가버렸다. 낚싯배들은 한술 더 뜬다. 요즘에는 거의 모든 낚싯배들이 각 유선사

물칸에 담긴 우럭들. 수압차 때문에 몸을 뒤집고 있다.

의 홈페이지를 통해 그날그날의 조황정보를 올리고 있다. 이것이 상당히 과장된 측면이 많다. 대개 20명이 타는 배는 선장 외에 사무장이 한 명 있어 꾼들의 시중을 들며 잡다한 일을 하는데, 이 사무장의 주된 업무가 사진 찍기가 되어버린 것이다. 한 마리 잡으면 쏜살같이 달려와 고기를 크게 보이게 찍고, 낚시가 끝난 다음에는 아이스박스를 모아 전체 조황을 찍는다. 많이 잡힌 것처럼 보이게 하려고 연출하는 장면도 여러 번 목격했다. 페트병이나 얼음을 고기 아래에 집어넣어 아이스박스에 고기가 가득 찬 것처럼 연출하거나, 여러 고기를 모아 한 아이스박스에 몰아넣고 찍는 등 기법도 다양하게 발전했다.

이 모든 것이 꾼들의 인구는 많고 욕심도 많은 데 비해 자원은 점점 고갈되기 때문에 일어나는 현상이다. 그렇다고 생계가 걸린 선장들이 가만히 있을 리 있겠는가. 빠른 배를 마련하여 멀리 공해상에 있는 침선 포인트까지 달려 나가는 것이다. 침선낚시의 초창기에는 그야말로 호조황이었다. 대개 고기들이 침선 주위에 어군을 형성하고 있으므로 수심을 잘 맞추기만 하면 쌍걸이는 문제도 아니었고, 실제로 오짜 쌍걸이를 하루에 몇 번이나 한 적도 있었다. 그런 침선 포인트는 선장에게는 그야말로 특급 비밀이기에 낚시 도중 다른 배가 다가오면 선장은 재빨리 줄을 올리게 하고 다른 곳으로 달아난다.

하지만 언젠가는 그런 포인트도 노출되기 마련이다. 많은 배들이 몰려오면 그 포인트의 고기가 바닥이 난다. 그러면 또 다른 침선을 찾아나서야 한다. 그런 순환이 십여 년 되다 보니 이제 서해바다의 거의 모든 침선 포인트가 개발되어 새롭게 발견되는 침선, 즉 생자리는 없다시피 하다. 선장들끼리는 포인트가 찍힌 데이터를 사고팔기도 하며, 때로는 낚시가 금지되어 있는 먼 해역까지 진출하여 단속하는 해경과 숨바꼭질을 벌이기도 하고, 오성홍기를 펄럭이는 중국 어선들 사이에서 낚시를 하기도 한다. 배들 사이에 첩보전과 추격전이 횡행하고 난무하는 낚시가 바로 침선낚시인 것이다.

그럼에도 불구하고 나와 친구는 토요일 안흥항으로 침선낚시를 갔다. 아직 연안에 수온이 오르지 않아 어쩔 수 없이 침선낚시를 갔다고 하면 좀 거짓말이고, 사실은 소나로 새로운 침선 포인트를 개발했다는 한 유선사의 홍보에 '낚여' 대물에 대한 욕심 때문에 침선 낚싯배를 탔다.

새벽 침선 배를 타면, 우선 선실로 들어가서 잔다. 4~5시간 잤을까, 배 엔진 소리가 저음으로 잦아들면 포인트에 도착했다는 신호다. 신기한 것은 깨우지 않아도 배에 탄 누구나 배 엔진 소리가 낮아지면 자동적으로 일어난다는 점이다. 그리고 낚시 시작. 하지만 파도가 너무 높다. 파도가 높으면 포인트에 들어가기도 힘들고 낚시하기도 힘들다. 암담한 하루를 예상한다. 사실 물때만 맞으면 침선낚시는 가장 쉬운 낚시다. 선장이 5m 침선이라고 하면 채비를 내린 뒤, 4m 정도 올리고 기다리면 된다. 고기가 있으면 입질이 올 것이고 없으면 침선에 봉돌이 닿을 것이다. 그때 재빨리 낚싯대를 들어 올려 침선을 타넘으면 된다. 문제는 고기의 입질도 없고 침선에 닿는 느낌도 없을 때다. 이때는 선장이 배를 정확히 포인트에 진입시키지 못한 것인데, 자주 그런 일이 발생하면 꾼은 선장을 믿지 못하게 된다. 망망대해에 믿을 것은 어탐기와 GPS를 보는 선장밖에 없다. 그 선장과 꾼 사이에 불신이 생기면 낚시는 끝이다.

이날이 그랬다. 배 앞쪽에 자리 잡은 우리의 채비에는 도무지 침선이 걸리지 않았다. 결국 선장을 믿지 못하고 바닥을 쳐서 겨우 먹을 것 몇 마리로 하루 종일의 낚시를 마감해야 했다. 우럭 두 마리, 놀래미 두 마리가 끝이다. 초라하다. 후회스럽다. 선장의 솜씨에 대해 불평을 늘어놓는다. 이것 잡으려고 기름 펑펑 때고 여기까지 왔던가. 하지만 잡는 것도 낚시지만 못 잡는 것도 낚시다. '낚시'는 '잡다'와 '못 잡다'라는 의미가 동시에 포진된 단어라는 것을 또 한 번 깨닫는, 그런 비극적인 날이었다.

주꾸미낚시

평계였을 게다. 머리를 식힌다는 이유로 그해 가을 우연히 마련한 낚싯대 하나 달랑 들고 덕적도를 혼자 찾아간 것은. 요즘에야 쾌속선이 있어 한 시간 이내에 서해 덕적도를 갈 수 있지만, 1993년 가을에는 두 시간 반 정도 걸리는 철선이 하루 1회 왕복하던 것이 덕적도 선편의 전부였다. 당일치기로 다녀와야 했으므로 덕적도 구경은 엄두도 못 내고 진리 선착장 방파제에서 앉아 처음으로 망둥이 몇 마리를 잡은 게 고작이었다. (완전 초보에게 잡힌 불쌍한 망둥이들이여! 너희들로 하여 긴 물고기의 수난사가 시작되었으니.)

평론가들은 의뢰받은 원고를 쓰기 위해 텍스트와 실랑이를 한다. 당시 황동규 시집 『미시령 큰바람』의 해설 원고를 쓰고 있는 중이었다. 그런데 황동규 시인의 시 중에 다음과 같은 시가 있었다.

풍장 2

아 색깔들의 장마비!

바람 속에 판자 휘듯

목이 뒤틀려 퀭하니 눈뜨고 바라보는

저 옷 벗는 색깔들

흙과 담싼 모래 그 너머

바다빛 바다!

그 위에 떠다니는 가을 햇빛의 알갱이들.

소주가 소주에 취해 술의 숨길 되듯

바싹 마른 몸이 마름에 취해 색깔의 바람 속에 둥실 떠……

— 황동규의 「풍장 2」 전문

이 시에서 시인은 산에 단풍이 드는 풍경을 묘사하고 이어 시선을 바다로 보낸다. 그런데 바다 위에 '떠다니는 가을 햇빛의 알갱이들'이라니!

그렇다. 그해 가을 바다 위의 '가을 햇빛의 알갱이'를 보기 위해 덕적도로 갔고, 마침 기가 막히게 좋은 날씨 덕에 오가는 철선에서 그 햇빛의 알갱이를 보았다. 그리고 그 알갱이를 잊지 못해 지난 토요일에도 충남 보령의 오천항을 찾았다.

다 핑계다. 사실은 주꾸미와 갑오징어를 잡기 위해 오천항에 갔다.

시계 방향으로 데침, 샤브샤브, 구이, 볶음, 라면 등 주꾸미 요리.

오천항은 천수만의 남쪽 입구 육지 쪽에 붙은 자그마한 포구. 하지만 주꾸미와 갑오징어 낚시철인 가을에는 새벽부터 성시를 이룬다. 이렇게 저렇게 모인 동호회 회원 22명은 북수원 IC 근처 효행 공원에서 새벽 3시 반에 만나 버스로 오천항에 도착, 호화 낚시선 '블루스카이호'를 탄다. 배는 천수만 남쪽 해역과 안면도 끝자락인 영목항 근처의 효자도와 원산도 인근 해역을 차근차근 탐색한다.

주꾸미낚시는 남녀노소가 함께 할 수 있는 매우 쉬운 낚시다. 해안

86

에서 멀리 떨어지지 않은, 물속이 주로 뻘인 지역에 서식하므로 밑 걸림도 별로 없고 먼 바다가 아니기에 멀미도 그다지 염려하지 않아도 된다. 보통 한여름부터 12월까지 낚시가 가능하나 씨알이 굵어지는 10월과 11월이 제철이다. 낚시 장비는 루어대나 초릿대가 예민한 민물대가 좋고 소형 스피닝릴이나 베이트릴을 사용한다. 채비도 비교적 간단하다. 아래에 갈고리바늘 여러 개가 달려 있는 주꾸미볼(일명 옥동자)을 달고 위 바늘 두 군데에는 에기(인조미끼, 새우 모양을 한 가벼운 채비. 주로 오징어와 문어 등의 두족류를 대상어로 할 때 사용한다)를 달면 끝이다. 인조 미끼를 사용하기에 미끼에 대한 부담감이 적고 낚시 방법이 쉬워 주꾸미철이 되면 중년의 부부들이 함께 출조하는 모습도 많이 보인다.

흔히 '봄 주꾸미 가을 낙지'라는 말을 하지만 그것은 봄에 산란철이 되면 소라 껍데기 등의 은폐물 속에 몸을 숨기는 주꾸미의 습성을 이용하여 어획고를 올리는 어부의 입장에서 보면 그렇다는 것이다. 낚시꾼의 입장에서 보면 낚시로 쉽게 잡을 수 있는 '가을 주꾸미'가 된다. 하지만 쉽다고는 해도 주꾸미낚시에도 고수가 있게 마련이다. 지난달 홍원항으로 주꾸미낚시를 갔을 때 같은 배를 타고서도 다른 사람들의 배가 넘는 양을 잡아 20리터 쿨러를 가득 채운 조사를 보고 놀란 적이 있다.

주꾸미낚시의 요령은 이렇다. 우선 채비를 바닥에 내리고 채비가 바닥에 닿는 느낌이 들면 2~3초 혹은 4~5초가량 기다리다가 채비를 살짝 들어본다. 주꾸미가 옥동자에 실려 있으면 약간의 무게 변화가 감지된다. 이때 챔질을 강하게 하고 감아올리면 된다. 주꾸미 개체 수가 많고 물이 천천히 흐를 때, 즉 낚시가 잘될 때는 기다리는 시간을 짧게 해 생산성을 높이고, 조류가 많이 흐르고 낚시가 잘 안될 때는 기다리는 시간을 조금 길게 해서 주꾸미가 옥동자에 올라 탈 시간을 많이 주는 것도 요령이다.

사실 주꾸미낚시는 낚시라기보다는 노동이다. 내리고 올리고 담고 또 내리고 올리고 담고 하는 이 과정을 숙련되고도 일관성 있게 하지 않으면 많은 조과를 올리기 힘들다. 주꾸미 한 마리가 보통 50g 정도이니 10kg 정도 잡으려면 200마리 정도 잡아야 하는 계산이 나오고 다섯 시간 낚시한다고 치면 시간당 40마리, 즉 1분 30초마다 한 마리씩 낚아야 한다는 계산이 나온다. 그러니 주꾸미낚시는 노동이며 생산성이 관건이 되는 낚시다.

왜 그렇게 전투적으로 잡아야 하느냐고? 주꾸미낚시를 가보면 알게 된다. 잘 잡히기도 하고 또 다들 본능적으로 그렇게들 한다. 물론 탐욕 때문이다. 하지만 그렇게 힘들게 노동을 하고 나면 달콤한 보상이 있다. 바로 먹는 재미다. 산낙지 먹듯 즉석에서 드시는 분도 있고, 배 위에서 데쳐 바로 먹는 그 맛은 어느 회에 못지않다. 그 데친 물에 라면을 끓여먹으면 그 맛 또한 천하의 진미가 부럽지 않다.

게다가 주꾸미낚시에는 특별한 선물이 있다. 낚시를 하다 보면 가끔 손님고기로 갑오징어가 잡히는데, 이 갑오징어 즉석 회의 맛은 상상불허다. 통으로 쪄서 먹어도 별미다. 먹물 세례를 퍼부으면서 완강하게 상륙을 거부하는 이 난폭한 녀석을 잡기 위해서 특별히 이놈만을 노리고 출조하는 낚시꾼들도 많다.

배를 탄 22명의 탐욕자들은 그렇게 하루를 보내고 가을 햇빛 알갱

이들의 전송을 받으면서 항구로 돌아왔다. 남은 조과물을 가족과 이
웃과 나누면서 받을 찬사를 생각하며 의기양양하게.

인천이나 강화에서부터 경기도의 전곡, 충청도의 오천과 대천과 무창포와
홍원, 전라도의 격포와 군산 등에서 출조한다. 남쪽으로 갈수록 조과가
좋은 편이다. 하지만 서울에서 주꾸미만을 위하여 전라도 권역까지 원거
리 출조하는 꾼들은 별로 없다. 오천항 등 천수만이나 안면도 권으로 출
조할 경우 비교적 밑 걸림이 심하므로 채비를 여유 있게 준비해야 한다.
무창포 이남, 특히 홍원 인근 바다의 경우 밑 걸림이 거의 없다. 선비는 점
심 제공에 6만 원선이다. 항구 이름과 주꾸미를 함께 검색하면 각 지역
유선사들의 홈페이지가 나온다. 물때의 영향은 크지 않으나 그래도 조금
때의 조과가 나은 편이다. 11월이 지나면 춥기도 하고 조과도 좋지 않다.
가족이나 친지들의 나들이로 적합한 낚시다.

갈치낚시

8월경부터 11월까지 목포와 진해 앞바다에는 갈치낚시의 진풍경이 벌어진다. 갈치는 야행성 어종이어서 주로 밤에 낚시를 한다. 진해에서는 낚싯배로, 목포에서는 주로 동력이 없는 멍텅구리배에서 오징어배처럼 집어등을 밝히고 낚시를 한다. 목포에서는 삼호 방조제와 금호 방조제 앞바다에서 낚시가 이루어진다. 해질 무렵 방조제 앞에 도착하여 낚싯배에 전화를 하면 모터보트가 달려와 손님을 실어 대개 오 분 정도 거리에 있는 멍텅구리배에 데려다 준다. 시즌, 주말인 경우에는 수십 척의 멍텅구리배로 목포 앞바다는 불야성을 이룬다. 내해(內海)여서 파도가 거의 없고 멀미 걱정을 할 필요가 없으므로, 그리고 무엇보다 먹는 재미가 있어 가족이나 친구들이 단체로 와서 낚시를 즐긴다.

낚시를 하다 보면 여기저기서 '와!' 하는 함성이 들리고 그곳을 바라보면 어김없이 은빛 찬란한 갈치 한두 마리가 뱃전에 올라와 있다. 현란하게 몸을 뒤틀며 빛을 내뿜는 갈치의 은빛 향연을 눈으로 즐기는 것이 바로 갈치낚시인 것이다.

목포에서는 대개 빙어를 미끼로 쓴다. 바늘 두 개로 빙어의 아래와 위를 관통시키고, 캐미라이트를 달아 내리면 입질이 오고 그러면 올리면 된다. 쉽고 간단한 낚시여서 누구나 즐길 수 있다. 하지만 모든 낚시가 그렇듯 요령이 있다. 우선 초릿대가 민감해야 한다. 그리고 입질 수심층을 파악해야 한다. 갈치는 군집성을 띠고 다니므로 예컨대 수심 10m 아래에서 입질을 받으면 그 수심층을 집중적으로 공략해야 한다. 그러다가 입질이 뚝 끊기면 다른 수심층을 탐색해 봐야 한다. 갈치를 올리는 주변 사람에게 물어가면서 하는 것도 한 요령이다. 다음으로 갈치낚시는 예신과 본신을 잘 파악해야 한다는 것이 또 하나의 요령이다. 초릿대가 까닥까닥하면서 예신이 오는데 이때 채서 올리면 대개 미끼만 따먹히고 만다. 까닥까닥할 때 주의력을 집중해서 기다리다가 초릿대가 확 휘어지면(이게 본신이다) 그때 챔질해서 감으면 된다.

목포 선상 갈치낚시를 하다가 배고프면 식사도 배달시켜 먹을 수 있다. 보통 5~6천 원 하는 백반이 선장에게 시켜달라고 하면 금방 모터보트로 배달된다. 남도의 음식이 통상 그렇듯이 이렇게 시켜 먹는 백반도 근사하다. 그리고 이 낚시의 백미는 역시 선상에서 먹는 회이다. 선장에게 부탁하면 잡은 고기를 회로 쳐 주는데 갈치회의 맛은 먹어 본 사람만이 안다. 진해에서는 선장이 잡은 갈치를 추럼하여 회무침을 해주는 경우가 많다. 이 역시 '훌륭하다'라는 말을 남발하게 된다. 회가 있으니 어찌 소주 한 잔이 따라오지 않으랴. 그래서 목포

불야성을 이룬 제주 바다의 갈칫배들.

한밤중 갈치낚시에 정신없는 꾼들.

갈치낚시를 하다보면 어느새 동이 튼다.

앞바다에서는 낚시보다는 술에 취해 고성방가를 하는 사람, 그러다가 아차 하여 바다로 떨어지는 사람도 있다. 때문에 가끔 요란한 사이렌 소리를 울리며 해경 구조정이 어딘가에서 번개처럼 나타나는 경우가 있다. 그렇다고 대형 사고로는 이어지지 않는다. 한순간의 해프닝인 것이다.

목포 갈치낚시는 아기자기하고 재미있는 낚시다. 그런데 딱 하나의 문제는, 가까운 바다다 보니 씨알이 잘다는 점이다. 두지짜리가 주종을 이룬다(갈치의 크기는 손가락 굵기로 따진다. 어른 손가락 네 개를 합친 굵기면 사지, 다섯 개면 오지 이렇게 부른다). 사실 문제는 갈치 크기가 아니라 늘 그렇듯이 낚시꾼의 욕심이다. 오지, 육지, 심지어 팔지까지 낚았다는 사람이 있어 어디서 잡았냐고 물어보았다. 사실 물어본 것이 아니라 그 사람이 묻기도 전에 말해주었다. 제주도에 가서 채낚기 어선 타고 잡았다는 것이다.

그렇다면 가야지. 인터넷을 검색해 보니 낚시꾼에게 전문적으로 갈치잡이를 하게 해주는 배가 대여섯 척 있었다. 그중에 하나를 선택해 예약을 하고 토요일 오후 제주행 비행기에 몸을 실었다.

공항까지 낚시점 차가 픽업을 나왔다. 바로 제주공항에서 가장 가까운 도두항으로 이동, 배에 승선한다. 16인이 낚시할 수 있는 10톤급 배다. 바로 출발하여 먼 비다로 배가 나아산다. 일몰, 그리고 어둠. 배에 불이 들어온다. 환한 대낮 같다. 갑판장이 나누어주는 채비를 가지고 본격적으로 낚시를 준비한다. 바늘이 7개 달린 채비로 바늘 하나의 간격이 2m니까 채비 길이만 15m쯤 된다. 바늘을 순서대로 뱃전에 정렬시키고 꽁치를 썰어서 미끼를 단다. 선장이 수심 150m쯤 되는데 40m 수심층을 노리란다. 전동릴에 갈치전용대가 부착된 낚싯대에 800g 봉돌 채비를 달고 미끼를 끼운 다음 조심스럽게 채비를 내린다. 한 50m쯤 내린 다음(전동릴에는 수심계가 있어 내린 수심이 표시가 된다), 기다려 본다. 바로 초릿대가 까닥까닥 움직인다. 이때 올리지 말고 몇 바퀴를 감아두라는 것이 바로 옆에서 3일 동안 갈치낚시를 하고 있다는 인천꾼의 조언이다. 다수확을 노리라는 것이다. 그렇게 했다. 서서히 감아 40m 선에서 채비를 회수한다. 이런! 첫 바늘, 둘째 바늘, 넷째 바늘, 다섯째 바늘에 갈치가 물려 있다. 조심스럽게 갈치를 채비에서 떼고 다시 미끼 달고 입수. 보통 서너 마리, 딱 한 번은 바늘 일곱 개 모두 갈치가 달려 있었다. 이렇게 새벽까지 잡으면 얼마나 잡을까.

그러다가 옆 사람과 줄이 엉킨다. 줄 푸는 일이 장난이 아니다. 줄 풀고 다시 미끼 달고 입수. 한 10시경까지 정신없이 갈치가 올라온다. 크기는 보통 3지에서 5지 사이. 시장에서 파는 정도의 갈치 굵기다. 70~80수 잡았을까. 딱 입질이 끊기더니 초릿대가 요동이 심하다. 삼치니 빨리 줄을 감으란다. 거의 70~80cm 크기의 대삼치다. 그 후로는 삼치 입질만 온다. 삼치가 갈치를 몰아낸 듯하다. 삼치면 어떠랴. 부지런히 삼치를 잡는다.

반대편에서 낚시를 하던 사람이 다급하게 뜰채를 찾는다. 갑판장의 뜰채에 올라온 것은 참다랑어! 적어도 5kg은 넘어 보인다. 완전 횡재다. 또 욕심이 발동한다. 갈치도 잡을 만큼 잡았고, 삼치도 먹을 만큼 잡았다. 이제 참다랑어를! 하지만 그런다고 참다랑어가 내 낚싯바늘을 물어줄 리가 있나 하는 순간에, 무언가 왔다. 초릿대의 휨새가

이날 조과와 갈치회 무침.

다르다. 전동릴이 비명 소리를 낸다. 참다랑어구나. 최대한 천천히 감는다. 거의 다 올라와서 바다를 보니 등이 푸른 녀석이 이리저리 헤엄쳐 다닌다. 뜰채! 뜰채! 참다랑어다.

그렇게 해서 참다랑어를 잡았냐고? 그랬다면 나를 아는 상당히 많은 지인들은 얼리지 않은 제주 직송 참치 맛을 보았을 게다. 하지만 올라온 것은 대형 방어였다. 뭐 방어도 좋지. 그것으로 끝이었다. 새벽 4시가 되고 배는 철수를 한다. 대관탈도까지 나왔다는 것이다. 항구에 돌아오니 얼음과 스티로폼 박스를 준다. 두 박스 가득 담는다. 아침 먹고 사우나 가서 비린 몸을 씻고 공항으로 이동한다. 짐을 부칠 때 40kg이나 된다고 추가 요금을 내린다. 얼음무게 빼고도 30kg이나 잡았다는 말이다. 반은 갈치고 반은 삼치다. 기분 좋게 추가 요금 물고 김포공항에 내리니 오전 11시다.

그 다음날 근육통으로 온몸이 뻐근했다. 내가 한 것이 낚시일까, 어부 체험일까?

일반적으로 가장 많이 출조하는 곳은 목포와 진해다. 목포는 보통 해 질 무렵 전에 삼호 방조제나 금호 방조제 앞에 도착하는 것이 좋다. 보통 해 뜰 무렵까지 낚시가 가능하나 철수 시간이 정해져 있지 않기 때문에 언제든지 철수할 수 있다. 선비는 3만 원선. 진해의 경우는 저녁 6시와 밤 12시 두 번 출조한다. 선비는 4만 원선. '목포 갈치낚시'와 '진해 갈치낚시'로 검색하면 여러 출조 배들이 나온다.

먼 바다 선상갈치 낚시는 여수, 통영, 제주 등지에서 출조한다. 제주의 경우 '김영국의 78낚시'로 검색하면 자세한 정보가 나온다. 선비는 14만 원에서 18만 원선. 제주의 경우는 항공권 포함 가격이 평일 28만 원, 주말 32만 원선이다. 장비가 없으면 2만 원을 추가로 받고 대여해 준다.

제주도 갈치낚시

🐟갈치를 잡으러 주말 제주도행 비행기를 탔다. 오후 4시경 제주공항에 내리니 날씨가 너무 좋다. 투명한 초가을의 공기, 한라산 정상이 가깝게 보인다. 픽업 나온 차량에 올라타 성산항으로 이동한다. 낯선 길도 아니건만 차창 밖으로 펼쳐지는 제주의 풍경은 싱그럽다. 무성한 활엽수들과 아기자기한 오름과 쭉쭉 곧게 자란 삼나무, 그리고 바다. 풍경에 취해 있으니 성산 일출봉이 보이고 이윽고 버스는 성산항에 도착한다.

예약해 놓은 배는 화원호. 통영에서 손님을 태우다가 제주로 이동했단다. 20명이 타면 간격이 좁을 것으로 생각했지만 배가 실어 그런대로 낚시할 만하다. 얼마 전에 마련한 76리터 대형 아이스박스를 배에 싣고 자리를 잡는다. 이 아이스박스에 가득 채우려면 적어도 100마리는 잡아야 할 텐데, 하면서 속으로 피식 웃는다. 욕심임을 알기 때문이다. 낚시를 수없이 다녔지만 내가 마련한 아이스박스를 꼭꼭

씨알 좋은 갈치 1타 3피를 올린 꾼.

채운 적은 20년 동안 단 한 번밖에 없었다. 우럭낚시를 가서 요행히 생자리 침선을 만나 순식간에 30리터 아이스박스를 다 채우고도 남아, 불행히도 멀미로 낚시를 못한 일행에게 여러 마리 나누어준 적도 있긴 있었던 것이다. 20년 동안 딱 한 번. 그런데 76리터라니! 하기야 100리터짜리 대형 아이스박스를 가지고 다니는 꾼들도 본 적이 있기는 하다.

배는 성산항을 출발해 바다로 나아간다. 소처럼 길게 누운 우도와 왕관처럼 바다에서 솟구친 일출봉을 뒤로 하고 나아가다가 얼마 가지 않아서 멈추고 '풍'을 단다. 갈치배는 조류에 너무 밀리지 않게 하기 위해 일종의 낙하산 같은 것을 바다에 내린다. 풍이 없으면 조류 때문에 갈치잡이가 어려워진다고 한다. 풍을 내린 곳은 항구에서 30분도 나오지 않은 지점이다. 여수나 통영에서 출항하면 적어도 두세 시간을 항해한 다음 낚시할 장소에 도착하지만 제주에서는 멀리 나가도 1시간을 넘지 않는다. 그 기다림의 시간이 짧아서 좋기는 하다.

서둘러 채비를 한다. 4m 정도 길이의 갈치 전용대에 전동릴을 장착하고 바늘 일곱 개를 매단다. 바늘 하나 간격이 2m 정도이니 채비 길이가 15m는 족히 된다. 전문 어부들은 20개 바늘채비를 사용하기도 한단다. 익숙하지 않으면 엄두도 낼 수 없다. 일곱 개 바늘 채비도 바늘을 달고 미끼를 달고 하는 것이 쉬운 일은 아니다. 한번 채비가 엉키면 풀기가 어려워 아까운 시간을 허비하기 때문이다.

한라산 쪽으로 해가 진다. 바다로 빠지는 해의 모습에는 익숙하지만, 산으로 떨어지는 해의 모습을 바다에서 바라보는 것은 좀 낯설다. 낯설어도 낙조는 아름답다. 모든 낙조는 아름답다는 진술은 일반화의 오류를 벗어나지 않을 것 같다는 생각을 하면서 채비 준비를 끝낸다. 냉동 꽁치를 예쁘게 썰어 미끼 준비도 마친다. 순식간에 해가 지자 바다는 갈치잡이 배들로 불야성을 이룬다. 그중에는 혹 오징어잡이 배도 있을지 모르겠다.

선장은 수심 30m 정도만 채비를 내리라고 한다. 그리고 점점 수심을 올려 20m나 15m 정두에서 갈치를 잡아야 한다고 안내 방송을 한다. 그래야 갈치가 집어가 된단다. 교범에는 바닥까지 내린 다음 전동릴을 최대한 천천히 감으면서 입질 오는 지점을 집중해서 노리라고 되어 있다. 교범보다는 현지 선장의 말이 옳을 터. 선장의 말대로 30m 지점에서 내리던 채비를 멈춘다.

집어등 불빛이 대낮같이 밝고 바다가 잔잔해서 주변 바다 수면이 환하게 보인다. 자세히 보니 물고기들이 많이 왔다 갔다 한다. 떼 지어 원형으로 집단을 이루면서 환영처럼 획 지나가기도 한다. 처음엔 집어등으로 인한 착시현상으로 생각했는데, 옆에서 낚시하는 꾼이 고등어 떼라고 한다. 그러면서 오늘은 고등어 때문에 힘들지도 모르겠다는 푸념을 한다. 초릿대가 까딱 움직인다. 갈치는 초릿대가 까딱하는 예신이 있고 그 다음에 초릿대가 쑥 내려가는 본신이 있다. 본신이 와도 채비를 회수하지 말고 몇 바퀴 감은 다음 또 기다려야 다수확이 가능하다. 그렇게 해서 채비를 올린다. 하지만 미끼 아래 부분만 싹둑 잘려나가고 정작 고기는 달려 있지 않다. 갈치의 짓이다. 이렇게 예민한 입질은 아직 본격적인 갈치 어군이 형성되어 있지 않다는 이야기이기도 하다. 그렇게 채비를 회수해 다시 미끼를 달고 내리기를 여러 번 반복한다. 드문드문 한 마리씩 갈치를 잡아 올린다.

정신을 집중해서 초릿대를 보고 있자니 갈치의 입질과는 완연히 다른 형태의 입질이 나타난다. 갑자기 초릿대의 곡선이 확 펴지거나 요동치는 입질이다. 삼치나 고등어다. 이때는 채비를 재빨리 회수해야 한다. 삼치나 고등어는 바늘에 걸리면 탈출하기 위해 옆으로 휘젓고 다니기에 옆의 채비와 엉킬 수 있기 때문이다. 채비를 올리니 고등어 두 마리가 달려 있다. 고등어는 힘이 장사다. 뱃전에 올라와서도 부르르 떨면서 저항한다. 최후의 저항을 마치고 곧 사망하는 것이 고등어다. 고등어면 어떠랴. 어물전에서 보통 크기의 갈치가 만 원, 고등어가 삼천 원 정도 하니 고등어 잡는 것보다 갈치 잡는 게 경제적으로야 이익이긴 하지만, 굳이 경제를 따진다면 낚시하지 않는 게 정

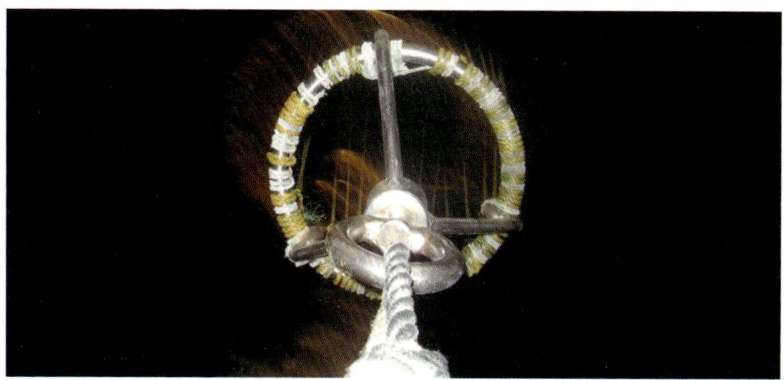

밤바다에 물풍을 내리는 모습.

새벽 귀항한 갈칫배의 분주한 모습.

아이스박스마다 갈치가 가득하다.

답이다. 하지만 대개의 꾼들은 고등어가 올라오면 화를 낸다. 비행기 타고 제주까지 왔는데 고등어가 갈치낚시를 방해하니 화가 나는 것이다. 고등어의 입장에서 보면 잡혀 죽는 것도 억울한데 욕까지 얻어먹는 형국이다. 나는 고등어면 어떠랴 하는 심정으로 고등어와 삼치도 열심히 잡는다. 그러다가 밤 한 시가 지나면서 모든 입질이 뚝 끊긴다. 조류가 멈춘 탓이다.

야참으로 선장은 갈치회무침을 내놓는다. 고소하고 달싹하다. 밤바다 풍경이 여유롭다. 입질이 없으니 무심히 바다 표면을 바라본다. 고등어도 지나다니고 복어도 앙증맞은 모습으로 헤엄치면서 작은 물고기를 열심히 잡아먹는다. 느닷없이 바다에서 튀어나와 해수면을 날다가 다시 바다로 들어가는 녀석도 있다. 주위에는 만세기 여러 마리가 상어처럼 여유롭게 헤엄친다. 자세히 보니 바다 위를 나는 녀석은 날개가 발달한 날치 같은 고기인데 만세기가 다가오니 필사의 탈주를 위해 나는 것이다. 만세기는 평소에는 느리게 헤엄치다가도 목표물이 포착되면 쏜살같이 다가가고, 날치 같은 녀석이 날아오르면 어떻게 아는지 그 입수지점까지 정확하게 따라가 꿀꺽 삼키고 마는 것이다. 집어등이 환하게 켜진 밤바다에서 또 한 편의 치열한 약육강식의 세계가, 먹고 먹히는 현장이 펼쳐지고 있는 것이다. 먹이사슬의 현장에서 생계가 아닌 재미로 낚시하는 꾼들은 또한 무엇인가. 재미로 낚시하는 것이 낚시꾼이지만 생태계의 한 자리라도 차지하려는 양 모두 어부처럼 필사적으로 낚시한다.

새벽이 가까이 오면서 조류가 다시 살아난다. 그러면서 갈치가 드문드문 잡히기 시작한다. 동쪽에서 해가 떠오르자 온밤을 홀딱 새운 낚시를 마감한다. 올해 바다에서는 거의 전 어종이 한두 달 늦게 잡히거나 흉어를 면치 못한다. 지난겨울의 혹독한 추위 때문이라는 설도 있고 지구 온난화의 영향 때문이라는 설도 있다. 갈치만 해도 8, 9월부터 풍어를 이루어야 하건만 9월 말이 되어서도 몰황을 면치 못하는 것이다. 이날 나는 갈치 열대여섯 마리, 고등어와 삼치 스물댓 마리로 마감해야 했었다. 작년에 비하면 삼분의 일도 잡지 못한 것이다.

그래도 바다가 좋다.

열기낚시

친구들 중에서도 가장 편한 친구들이 고등학교 동창들이다. 졸업한 지 30년이 지났지만 만나면 고등학교 시절과 똑같은 어투로 똑같은 사고(思考)로 똑같은 행동들을 한다. 세상은 변해도 사람은 변하기 쉽지 않다는 것을 실감하는 대목이다. 누구는 사업 때문에 고민이 많고, 누구는 정년에 대한 두려움 때문에 잠을 못 이루고, 누구는 이제 막 대입 수능을 마친 자식 걱정에 한숨을 쉬지만, 그래도 동창들을 만나면 무엇이 즐거운지 시간 가는 줄을 모른다. 나를 잘 알고 너도 잘 알고 모두를 잘 알고 있기에 오히려 편하다.

동창회 때 낚시 이야기를 하다 보니, '혼자만 가지 말고 같이 가서 회나 실컷 먹자'라는 말이 나오고, '낚시는 안 할 테니까 고기만 잡아주라, 먹는 것은 자신 있다' 등으로 의견이 규합되면서 결국 늦가을 토요일로 날을 잡았다.

낚시꾼이 아닌 초보자와 동반 출조할 경우 몇 가지 걱정이 앞선다. 우선 날씨다. 날짜를 받아놓고 가는 것이라 그날 날씨가 좋지 않아 파도가 심하면 조과보다도 멀미 때문에 고생할 것이 불문가지(不問可 知). 날씨가 좋아도 고기가 안 잡히면 그동안 한 말은 다 '뻥'이 되니 이 또한 걱정. 초보자가 여러 명이다 보니 채비해 주고 미끼 달아 주 고 그러다 보면 정작 꾼들은 낚시할 시간이 없어 그것도 걱정. 이래저 래 걱정이 많다.

서울에서 오전 다섯 시에 만나 승합차로 동창 8명이 충남 안흥 신 진도항을 향해 출발한다. 무엇이 그리도 좋은지 신진도항에 도착할 때까지 쉴 새 없이 수다를 떤다. 나이가 들면 기(氣)가 입으로만 몰린 다더니 사실이다. 단골 낚시가게인 태풍투어랜드에 도착하여 승선명 부를 작성하니 선착장에서 선장과 부선장(사실은 선장 아들)이 이미 배를 대어 놓고 기다린 지 한참이다. 소주, 물, 미끼 등을 싣고 출발. 다행히 날씨는 화창하고 바람은 없는 것 같다.

이제부터 바쁘다. 채비하고 미끼 썰고……. 혼자 할 수 있는 일이 아니다. 8명 중에서 낚시 경험이 많은 사람은 세 사람. 나와 시나리오 작가이자 번역가인 이경식 군과 변호사인 유강근 군, 이 세 사람이다. 하지만 유강근 군은 루어낚시 전문가라 배낚시는 별로 할 말이 없다. 이경식 군은 말이 없는 실력파. 이경식 군이 나서서 친구들을 모아놓 고 낚시 요령에 대해 설명을 한다.

'이것을 봉돌이라 한다. 이것을 채비라 한다. 채비 아래 봉돌을 달 고 위에는 바늘 두 개를 단다…….' 예전에 교실에서도 그랬듯이 듣는 친구는 열심히 듣고, 안 듣는 친구는 역시 딴짓을 한다. '야 열심히 들

시계 방향으로 하응백, 권오인, 석진모 군.

어' 했더니 걱정 말란다. 낚시 안 하겠다는 거다. 먹으러 왔지 잡으러 오지 않았다나. 그렇다면 마음대로 하시고.

그런데 역시 날씨가 문제다. 남동풍이 불더니 배가 꼴랑거리기 시작한다. 백파(白波)가 보인다. 파도의 하얀 이빨 같은 백파가 보이면 낚시가 어렵다고 봐야 한다. 신진도항에서 30분 거리인 옹도 근해에서 바다가 이런 상황이면 서해 전체가 파도가 심하다고 생각해야 한다. 이렇다면 집에 가져가는 것은 고사하고 당장 먹을 횟감 마련하기도 힘들다. 그 와중에 완전 초보가 시험 삼아 채비를 담구고 올리

니까 새끼 우럭 한 마리가 달려 나온다. 배 전체가 환호성에 뒤덮인다. 하지만 나와 이경식 군만이 의미심장한 눈길을 교환한다. 오늘 큰일 났다는 의미다. 포인트를 몇 번 옮겨도 잔챙이 몇 마리가 고작. 그리고…… 아니나 다를까 제법 큰 사업을 하는 조용호 사장의 얼굴이 백짓장처럼 하얘진다. 멀미가 온 것이다. 그러더니 선실에 가서 드러눕는다. 나와 이경식 군을 제외하고는 모두들 멀미를 한다. 경중의 차이가 있을 뿐이다. 그래도 귀항하자는 친구는 없다. 왜? 먹이야 하므로. 먹을 것을 잡아야 하므로.

부선장이 나에게 와서 차라리 우럭, 광어를 포기하고 열기 잡으러 가자고 한다. 지금 찬밥 더운밥 가릴 때가 아니다. 무엇이든지 빨리 잡고 이른 시간에 철수해야 한다. 배가 한 30~40분 이동한다. 등대가 있는 궁시도 바로 앞이다. 이곳도 열기가 잡히나 라는 생각에 긴가 민가하여 우럭 채비를 그대로 두고 채비를 내린다. 그런데 바로 수심 30m 정도에서 입질이 오는데 분명 열기 입질이다. 바로 올리니 씨알 좋은 열기 한 마리가 달려 있다.

원래 열기는 남해나 동해 남부권에서 잡았던 고기다. 하지만 2, 3년 전부터 서해 중부권인 어청도 등지에서 가끔 올라왔고, 먼 바다 침선으로 가면 제법 열기가 잡혔었다. 그래도 서해 충청권 앞바다에도 열기가 잡히다니. 바다의 수온이 달라졌다는 것을 실감한다. 열기는 보통 바늘 10개를 단 어피바늘 채비를 사용한다. 배에 어피바늘 채비가 있어 바늘 10개에 오징어를 잘게 썰어 미끼를 단다. 이어 입수. 바로 입질. 열기낚시는 입질이 있을 때 바로 올리지 말고 릴을 반 바퀴 정도 감고 또 입질이 오면 반 바퀴 감고, 이런 식으로 다수확을 노려야 한다. 네 마리가 한꺼번에 올라온다. 배는 다시 환호성으로 가득 찬다. 내가 아는 척, 친구들에게 설명을 한다. 열기는 원래 여러 마리를 노려야 한다. 10개 바늘에 10마리 한꺼번에 올라오는 경우도 있다. 이것을 두고 '열기꽃'이 피었다고 한다. 친구들은 반박하지는 않았지만 모두 '뻥 치는구나' 하는 눈치다. 그래? 그렇다면.

다음 채비를 내리자 바로 입질이 온다. 공식대로 조금 올리고 기다리고 조금 올리고 기다리고, 그렇게 하여 마침내 채비를 다 올리자 이번에는 드디어 9마리. 1타 9피의 위력을 어김없이 보여준다. 씨알도 매우 준수하다. 신발짝만 한 크기가 대부분이다. 모두가 놀랜다. 사실 나도 좀 놀랬다. 서해에서 이렇게 '열기꽃'을 피우다니. 몇 번을 1타 5~6피를 하고 나니 입질이 뜸해진다. 조류가 다시 빨라지면서 어군이 흩어진 것이다. 하지만 이미 쿨러 2개 정도는 채운 상태. 서둘러 귀항해서 파도가 없는 항구에서 점심을 먹으면서 회를 먹기로 한다.

입항하니 멀미에 지친 친구들이 살아난다. 그 다음부터는? 정해진 수순이다. 선장님(영복호, 김승관)이 그 전날 잡아 물칸에 살려둔 농어와 광어와 우럭에 잡은 열기까지 회를 치고 매운탕을 끓여 신나게 마시고 먹어댄다. 찬란한 가을 햇빛이 바다 야유회의 현장을 즐겁게 보듬어 준다.

한 10년 전에 선장의 아들은 어린 나이에 배를 타서 손님들의 잔심부름을 하곤 했다. 그러더니 어느새 어른이 되어 거뭇거뭇한 수염을 달고 아버지를 대신해 배를 몰고 회를 친다. 아들을 보는 아버지의 눈길이 자애롭다. 한전(韓電)에 잠시 다니다가 배로 돌아와 대를 이어 아버지의 배를 몰고 있다는 것이다. 이제 조수가 아니라 주연이며 아버지가 조수가 되었다. 아버지는 기꺼이 조수 역할을 한다.

영복호는 정원 12명의 작은 배지만, 청년에게는 항공모함보다 더 큰 배일 수 있다. 도시에 사는 우리들은 자식들이 아무리 공부 잘하고 출세한다 해도 저 아버지처럼 든든할 수 있을까. 험한 바다에서지만 늙어가면서 아들과 같이 서로 도우며 일을 한다는 것 자체가 행복의 한 모습임을 저 부자(父子)는 우리에게 역설(力說)한다.

어하간에 행복한 동창들은 더 행복한 부자(父子)와 힘께 그닐도, 우리들의 아내들의 예언대로 거의 모두들 대취했다.

한겨울 열기낚시

🐟 열기낚시는 치열한 전투다. 강추위가 맹위를 떨친다. 삼한사온도 사라지고 거의 3주 가까이 악천후다. 겨울날 기온이 급강하하면 대부분 바다에는 바람까지 함께 불기 때문에 출조 자체가 불가능해진다. 출조가 가능하다 하더라도 변덕스런 겨울 날씨의 혹독함을 접해본 낚시꾼들은 겨울철 낚시의 어려움을 잘 안다. '집 떠나면 개고생'이라는 말을 실감하는 것이다. 하지만 낚시꾼들은 모든 정보망을 총동원하여 '어디로 가면 뭐가 나오나' 하며 탐색과 탐색을 거듭한다. 한 2~3주 출조를 못하면 '뭐 마른 강아지'처럼, 안절부절못하고 잠자리에 들어서도 전전반측(輾轉反側)하면서 오매불망 출조만을 꿈꾸는 것이다.

인터넷이 활성화되기 전까지 낚시꾼들에게 가장 믿음직한 정보는 현지 낚시점들의 현장 정보였다. 여기저기 전화를 걸어보고 조황을 탐색한다. 하지만 낚시라는 것이 워낙 날씨와 물때 등에 민감한 것이어서 현지 낚시점의 말을 듣고 출조해도 허탕을 치는 경우가 다반사다. 어제 '잘 나왔다'고 해서 오늘 반드시 잘 나오는 경우란 없는 것이다. 요즘은 점주들에게 전화해서 출조지의 상황을 물어보는 경우는 거의 없다. 인터넷으로 검색하면 전국의 낚시 동향이 거의 실시간으로 파악되기 때문이다. 지난주 내내 틈틈이 바다 상황을 점검했다. 그리하여 예보상으로 바다가 조용해지는 토요일, 드디어 제철인 열기 낚시를 떠나기로 했다.

겨울철 가장 대중적인 낚시가 호수에서는 빙어낚시라면 바다에서는 열기낚시다. 열기는 불볼락이라고 하기도 하는 쏨뱅이목 양볼락과의 물고기로 대체로 30cm까지 자란다. 경험적으로 보면 30m 이상의 수심이 나오는 어초나 침선, 혹은 바다 지형이 복잡해 바위가 돌출한 곳 등에서 잡힌다. 재미있는 것은 열기란 놈이 군집성이 강하고 경쟁심이 많아 한 마리가 미끼를 물면 다른 놈들까지 한꺼번에 가세해 바늘 수에 따라 모두 열기가 달려 올라온다는 점이다. 지난번 친구들과 같이 가을 열기를 잡았을 때도 그랬다. 그때는 사실 우럭을 대상어로 하여 출조하였는데 기상 여건이 맞지 않아 궁여지책으로 열기를 '우연히' 잡은 것이었고, 이번에는 열기 시즌을 맞아 열기낚시의 본 고장인 통영에서 '본격적으로' 열기를 잡기 위해 떠났다.

열기는 동해남부권인 포항, 김포, 울산 그리고 남해 동부권인 부산, 거제, 통영과 남해 서부권인 여수, 백도, 거문도 등지에서 널리 행해지는 겨울철 대표적인 배낚시 대상어다. 낚시 방법은 어피바늘이 열 개 달린 카드 채비에 봉돌은 상황에 따라 50호에서 100호 정도를 사용하여, 선장의 신호에 따라 일제히 바닥에 채비를 내린 다음 바닥을 확인하는 것으로 우럭낚시와 비슷하다. 하지만 여기까지. 다음부터는 우럭낚시와 방법을 달리해야 한다. 바닥을 확인한 다음에는 릴을 한두 바퀴를 감아 밑 걸림을 피해야 한다. 열기는 바닥 층에 바짝 붙어 서식하지 않고 1m 정도 이상에서부터 5~6m 정도까지 군집을 이루며 서식한다. 때문에 한번 입질이 들어오면 조금 릴을 감고 기다리면서 여러 마리를 태워야 '열기꽃'을 볼 수 있다.

토요일 새벽 한 시, 차를 몰고 도곡동에 있는 친구를 태워 통영으로 향한다. 네비게이션에 찍힌 거리는 400㎞. 그야말로 정확히 천릿길이다. 심야운전을 하면, 한 명이 운전할 때 다른 한 명이 눈을 좀 붙이면 좋을 것을, 그렇게 하지 못한다. 낚시 이야기로 꽃을 피우기 때문이다. 좀 과속해서 5시에 통영시 산양읍 중화마을에 도착한다. 오늘 탈 배는 통영리드낚시 소속의 '최강리드 2호(선장 임쌍문).' 원래 갈치낚싯배로 건조되었지만 갈치 시즌이 끝나 열기 손님을 태운단다.

어둠 속에서 배는 출항하여 한 시간쯤 나간다. 여명이 밝아오면서 배 안에서는 작은 술렁거림과 함께 모두들 바빠진다. 채비에 미끼를 달고 거치대에 낚싯대를 올리면서 결전을 위해 완벽한 준비를 한다. 이때 보면 낚시꾼들에게는 전쟁터에 나가는 병사들 마냥 비장감마저 서려 있다. 옷, 장갑, 모자, 마스크에 낚싯대를 들고 있는 것을 보면 갑옷을 입고 투구를 쓴 로마시대의 중무장 보병을 연상케 한다.

미끼는 크릴새우나 오징어를 잘게 썬 것이다. 민물 새우를 사용하기도 한다. 새우를 쓰면 입질이 빠르나 한 번 입수 할 때마다 미끼갈이를 해주어야 하는 번거로움이 있다. 오징어를 쓰면 미끼갈이 없이

열기는 마릿수로 잡아야 제맛이다.

몇 번이나 재활용할 수 있어 열기의 활성도가 높을 때는 훨씬 효율적이다. 열기낚시는 한 마리 대어로 승부를 내는 것이 아니라 여러 마리를 효율적으로 잡아야 그날의 승패가 결정 나는 치열한 전투와도 같다.

욕지도를 지나 국도가 보이는 곳에서 첫 채비 내림이 시작된다. 한두 마리, 그마저두 씨알이 잘다. 바닥 지형이 험해 밑 걸림도 심하다. 조류도 빠르고 바다도 그리 안온하지 못하다. 그러나 노련한 꾼들은 안다. 이러다가 한 번의 찬스, 즉 물때가 오는 것이다. '물때'는 원래 들물과 날물의 어떤 특정한 시점을 가리키는 시간을 의미하는 용어다. 하지만 이러한 물때는 고기가 '무는 시간'이기도 하다. 명사 '물'이동사 '물다'와 일치되는 그 지점. 그때가 바로 낚시꾼이 기다리는 지점이다. 오전 9시쯤 되었을까. 드디어 때가 왔다. 여기저기서 열기꽃을 피우기 시작한다. 노련한 현지 조사들은 바늘 20개를 달아 쓰기도 한다. 그 20개의 바늘에 열기가 주렁주렁 매달려 올라오기도 한다. 이때가 바로 '물때', 즉 피크타임이다.

나의 낚싯대에도 열기가 달리기 시작한다. 하지만 현지 조사들에 비하면 그 수가 좀 모자란다. 아무래도 나 같은 전국구보다 현지인들이 더 잘 잡게 마련인 것이다. 옆에 있는 친구도 열심히 낚시를 한다. 한때 운동권의 맹장(猛將)이었다가 30대 중반에 고시에 합격해 지금은 가난한 변호사로 사는 이 친구는 매사가 진지하다. 나의 주요 낚시 동반자이기도 한 이 친구는 루어를 제외하면 나보다 늘 조과가 적지만 열정 하나만큼은 알아주어야 한다. 말없이 열심히 낚시하는 모습은 그의 삶의 행적을 닮은 듯하다.

그렇게 약 한 시간, 질풍노도의 시간이 지나자 조과가 시원찮아진다. 점심을 먹고, 따분한 시간이 지나간다. 오후에 또 한 번의 '물때'가 올 것이다. 그리고 그 시간이 다가오자 선장이 결단을 내린다. 한참을 더 깊은 난바다로 이동한다. 바람이 일어 파도가 심해진다. 놀이기구 마냥 배는 오르락내리락한다. 하지만 그 와중에서도 다시 입질이 오기 시작한다. 아침보다 훨씬 강렬한 입질이다. 씨알이 좋다는 의미다. 릴을 조금 감고 기다리고, 조금 감고 기다리길 몇 차례, 묵직한 손맛을 느끼며 릴을 감는다. 씨알 좋은 녀석들이 주렁주렁 매달려 있다. 속으로 생각한다. 이 정도면 한 번 올릴 때마다 회 한 접시다. 몇 접시의 회가 나왔을까. 아쉽지만 배는 철수할 시간이다.

거의 아이스박스를 채우고 지는 해를 바라보며 입항한다. 이제 다시 천릿길을 올라가야 한다. 집에 도착하니 밤 11시. 회를 떠 소주 한병 마시고, 매운탕을 끓여 먹고 나니 밤 12시 30분. 꼬박 24시간을 움직였다. 그리고 꿈도 없는 잠을 잤다.

TIP 열기 낚는 방법

열기낚시는 채비 관리만 잘하면 쉬운 낚시다. 보통 10개가 달린 어피바늘을 사용하는데 낚시점에 가면 만들어 놓은 채비를 판다. 여기에 보통 새우를 미끼로 단다. 새우가 입질은 빠르지만 잘 떨어져 나가는 단점이 있기에 오징어를 한 마리 준비해서 아주 가늘고 작게 썰어서 미끼로 단다. 크게 달면 조과가 떨어진다. 오징어는 질겨서 여러 번 사용해도 되는 장점이 있다. 초보자들은 욕심 내지 말고 바늘을 다섯 개만 사용하는 것이 더 효율적이다. 통영이나 여수 쪽에 가면 베테랑들은 20개씩 바늘을 달기도 한다. 줄이 엉키지 않도록 할 것, 이것이 열기낚시의 알파요 오메가다.

동해 열기낚시

🐟 11월 이후 북서 계절풍이 발달하면 바다 상황은 낚시하기에 적합하지 않다. 갑자기 기온이 급강하한다든지, 저기압이 몰려들어 비가 온다든지 해도 바다 상황은 좋지 않아 출조가 불가능해질 때가 많다. 특히 주의보가 떨어지면 배낚시는 아예 불가능해진다. 2주 연속 주말마다 날씨가 좋지 않아 출조를 못할 상황이 되자, 친구와 나는 곰곰이 인터넷을 검색하기 시작했다. 제주와 남해, 서해, 동해 북부 모두 출조가 불가능한 상황이었지만, 유일하게 동해 남부 포항 울산권은 바다가 잠잠해진 것 같아 보였다.

안타깝게도 바다 낚시꾼이나 선장들은 우리나라 기상청의 예보보다는 일본 기상청의 예보를 훨씬 더 신뢰한다. 우리 기상청의 바다 예보는 비가 온다든지, 맑다든지 하는 날씨를 오전, 오후로 나누고, 파고, 풍속, 풍향을 알려준다. 예컨대 12월 15일 오전 맑음, 풍향, 북-북동, 풍속(m/s) 10~14, 파고(m) 2~4 등의 정보를 알려주는 것이다.

하지만 일본 기상청 바다 예보 자료는 6시간마다 3일 후까지의 바다 상황을, 지도에 색깔별로 나타내어 일목요연하게 보여준다. 이 자료를 보면 풍향과 파고를 한눈에 알 수 있고, 바다 상황이 변화해 나가는 과정도 알 수 있어 어느 지역에는 어느 정도의 바람이 어떻게 변화할 것인지를 초보자들도 쉽게 짐작할 수 있는 것이다. 때문에 많은 어선이나 낚싯배 선장들은 일본 기상청 자료를 바탕으로 출조 여부를 결정한다. 많은 낚싯배 홈페이지들에 들어가면 친절하게도 일본 해상 예보를 링크해 놓아 낚시꾼들도 쉽게 그 자료를 접할 수 있다. 그림이니 일본어를 하나도 몰라도 볼 수 있게 되어 있고, 3일 후의 상황까지 알려주니 더할 나위 없는 소중한 자료가 되는 것이다. 경험적으로 보면 한국 예보보다 일본 해상 예보가 훨씬 정확했다.

금요일 오전 일본 해상 예보를 보니, 토요일 종일 동해 남부권은 거의 파도가 없는 것으로 나왔다. 한국 기상청 자료는 파고가 높게 예보되고 있었다. 인터넷을 검색하다가 요즘 포항 신항만 쪽에서 출조하는 대양호란 배가 양호한 조황을 올리고 있어 그 선장에게 전화를 걸었다. 바다 상황이 어떠냐고 물었다. 약간 목소리를 높이며 선장이 하는 말이 '포항 앞바다가 장판이다, 이렇게 잠잠하다, 그런데 내일 예비 특보가 떨어졌다'며 기상청을 성토한다. 그도 그럴 것이 주말이면 낚싯배는 대목인데, 바다 상황이 좋지 않다는 예보가 나오면 예약해 놓은 손님들마저 취소하는 경우가 다반사인 것이다. 선장은 아마도 내일 출조할 수 있을 것이라며 예약을 하라고 한다. 물론 해야지. 제주도 서해도 출조하지 못하는 상황에서 유일하게 출조할 수 있는 곳은 감포나 포항 등의 동해 남부권밖에 없으니까.

열기가 주렁주렁, 열기꽃이 피었다.

열기 채비에 걸린 멸치. 너도 황당하니? 나도 황당하다.

토요일 오전 한 시. 신림동 친구 집에서 합류해 서울에서 포항으로 향한다. 경부·영동고속국도, 중부내륙고속국도, 대구를 지나 대구포항고속국도를 타고 가다가 새로 생긴 홍해 쪽 고속국도를 타면 바로 포항 신항만에 도착한다. 약 380㎞. 새벽이니 4시간 만에 주파한다. 배가 7시에 출항하니 시간이 두 시간이나 남아돈다. 너무 일찍 도착한 것이다. 그런데 주변에 아침 식사를 할 만한 곳이 없다. 친구와 나는 포항 죽도시장으로 다시 차를 몬다.

낚시도 여행의 일종이다. 여행이라면 모름지기 잘 먹어야 하는 법. 맛있는 음식점은 재래시장 주위에 몰려 있게 마련이다. 낯선 곳에 가서 맛있는 식당을 찾는 요령이 있다. 첫째 방법. 스마트폰으로 검색을 한다. 그것은 세상살이의 경험이 없는 초보자나 할 짓이다. 둘째 방법. 주변의 약방이나 서점에 가서 박카스나 신문을 사면서 물어본다. 대개 약사나 서점 주인은 그 지역의 토박이이면서 유지들이 많아 그들의 정보는 아주 정확하다. 그런데 새벽이나 한밤중 같을 때는 어떡하나. 그럴 때는 기사식당이나 재래시장에 가면 된다. 재래시장에 가면 덤으로 다른 구경거리도 있다.

새벽 다섯 시를 조금 넘겼는데도 죽도시장은 활기에 가득 차 있다. 고등어, 문어, 대게, 도루묵 등 싱싱한 고기들이 지천으로 널려 있다. 친구가 말한다. '저거 한 박스 사 놓을까.' 나는 단호히 거질한다. 오늘은 분명 많이 잡는다. '잡아서 가자.'

7,000원 하는 포항 죽도시장의 소머리곰탕은 새벽 출출한 속을 달래기에는 그지없이 좋았다. 친구에게 '삶의 혜안(慧眼)이란 바로 이런 것이야'라고 말하려다가 그만두었다. 친구 역시 그렇게 생각하고 있

을 것이 뻔하기 때문이다.

열서너 명이 정원일 것 같은 배에 탄 낚시객은 7명뿐이다. 선장이 '이렇게 날씨가 좋은데' 하면서 좀 투덜거린다. 예보 때문에 취소한 손님이 많았기 때문이다. 하지만 낚시객 입장에서는 즐거운 일이다. 줄 엉킴이 적을 것이기 때문이다.

포항 앞바다에서 북쪽으로 15분쯤 나갔을까. 해안으로 보경사를 품고 있는 내연산이 보인다. 칠포 앞바다이다. 젊은 선장은 확신에 찬 목소리로 수심과 바다 밑 상황과 낚시 요령을 알려준다. 예컨대 '1m 높이의 어초입니다. 수심은 30m입니다. 바닥에 닿으면 1m 올리시고 입질이 오면 조금씩 올리세요', '자연초입니다. 바닥을 노리세요' 등이다. 선장의 멘트는 정확했다. 선장의 말대로 하자 10개 바늘에서 7~8마리가 연거푸 올라온다. 열기낚시는 줄을 태워야 한다. 바늘 열 개에 새우를 달고 입질이 오면 조금씩 감는다. 그러면 낚싯대에서 계속 어신이 온다. 어느 정도 시간이 지나고 어신이 잦아들면 서서히 감는게 열기낚시의 요령이다. 열기는 주로 어초 위에 몰려 있고 한 마리가 잡히면 따라 올라오는 습성이 있기에 그것을 잘 이용해야 다수확을 노릴 수 있다. 바다 상황도 좋고 입질도 좋은데 딱 하나 아직 열기 씨알이 잘다. 그것이야 어쩔 도리가 없다. 부지런히 낚시를 한다. 미끼 달고 내리고 입질이 오면 조금씩 올렸다가 어느 정도 차면 올리고, 고기 떼고 미끼 달고. 이 단순한 반복이 낚시꾼을 몰입하게 한다. 아무 생각도 할 수가 없다. 다른 생각을 할 수 없음이 몰입이고, 그 몰입이 지친 뇌를 쉬게 한다. 그 순간에는 돈도 명예도 사랑도 없다. 물아일체(物我一體)라고 했던가. 말장난이지만 바다와 내가 일체가 된다.

간단하게 점심을 먹고 회를 친다. 고기가 작기에 가위로 대가리와 지느러미를 잘라내고 껍질을 벗긴 다음 뼈 채로 회를 뜬다. '열기 뼈회'. 울산에서 왔다는 꾼들과 동석하여 소주잔을 주고받는다. 서울에서 오밤중에 400㎞를 운전하여 왔다는 말을 듣고 그들은 돌아갈 길을 걱정해 준다. '쉬엄쉬엄 가이소. 하루 자고 가시든지요.'

오후 2시, 배는 철수 준비를 한다. 선장은 단호하게 '이제부터는 고기가 안 나온다. 4시 이후에나 입질이 온다'고 한다. 젊은 선장은 확신에 차 있다. 마음에 드는 선장이다. 대부분의 낚싯배 선장들은 멘트를 하지 않는다. 부저가 한 번 울리면 내리고 두 번 울리면 올리는 식이다. 그런데 이 선장은 초지일관 바다 상황을 설명하고 안내한다. 낚싯배가 서비스업이라는 사실을 확실하게 인지하고 있는 듯하다. 자기 직업을 정확히 이해하고 열심히 하는 사람을 만나면 즐겁다.

낚시가 끝나고 쿨러들을 모아 기념사진을 찍는다. 이런! 전국구인 우리가 제일 적게 잡았다. 동네 꾼들은 거의 쿨러를 채운 것이다. 기술이 문제가 아니었다. 미끼 때문이었다. 우리가 크릴새우를 쓴 반면 다른 꾼들은 보다 단단한 민물새우나 오징어채를 달았기에 미끼를 갈지 않고 낚시를 해서 더 좋은 조과를 올릴 수 있었던 것이다. 하기야 항상 현지꾼들이 원정꾼들에 비해 조과가 좋게 마련이다.

이제 천리 길을 달려가야 한다. 아득하다. 가야 할 길이 멀어서 그런 것만은 아니었다.

호래기낚시

🐟 호래기를 잡으러 통영 욕지도로 갔다. 호래기는 '반원니꼴뚜기'가 정식 명칭인데 좀 큰 꼴뚜기라 생각하면 된다. 11월부터 2월 정도까지 통영을 비롯한 남해 동부권 항포구에서 많이 잡힌단다. 오징어처럼 불빛을 좋아하는 야행성이어서 보안등이 켜져 있는 잔잔한 내만 항구에서 누구나 쉽게 할 수 있는 낚시라고 한다. 잡는 방법은 두 가지로 소형 에기를 두어 개 달아 던지거나, 민장대에 캐미라이트를 대여섯 개 달고 그 끝에 소형 갈고리바늘에 민물새우를 끼워 던져 놓으면 바로 입질을 한단다. 숙련된 사람은 수백 마리를 잡는단다. 그래도 '꼴뚜기'가 낚시 대상어가 되다니. '어물전 망신은 꼴뚜기가 시킨다'는 속담도 있듯이 꼴뚜기는 보잘것없는 꼴뚜기일 뿐인데 말이다.

꼴뚜기낚시가 유행한 것은 겨울에 들면 낚시할 대상 어종이 현저히 줄어들고, 또 꼴뚜기가 누구나 손쉽게 낚을 수 있으며, 회나 데침이나 젓갈 등으로 맛있게 먹을 수 있기 때문일 것이다. 낚시 사이트에 올라오는 조행기를 보면 거의 이구동성으로 '호래기 라면'의 환상적인 국물 맛을 언급하고 있다. 겨울밤 낚시하다가 추위를 달래면서 갓 잡은 호래기 몇 마리를 넣어 끓인 라면은, '세종대왕의 한글 창제 이래 한국인 최고의 발명품'이라는 말을 들을 정도로 그 어느 진수성찬이 부럽지 않다는 것이다.

여하간에 지난 금요일 오전, 모든 일을 작파하고 친구와 함께 통영으로 차를 몰았다. 4시간이 걸려 통영에 도착하여 우선 '통영 다찌'를 찾았다. 통영의 다찌집은 전주의 막걸리 집처럼 술값만 내면 해물 위주의 안주가 무한정 나오는 곳을 말하는데, 최근엔 술 대신 점심 메뉴를 개발한 집도 있다고 해서 통영 소방서 앞에 있는 곳을 찾아갔다. 1인분에 1만 원 하는 점심 정식에는 학꽁치, 병어, 광어 등의 회와 전어 무침, 쏙, 고둥, 여러 해초 무침 그리고 가리비와 게 등을 넣은 해물 뚝배기, 여기에 고등어와 삼치와 참돔 구이 등이 반찬으로 나왔다. 친구와 나는 감탄사를 연발하며 게걸스럽게 먹고 통영대교를 건너 삼덕항에 도착했다.

욕지도는 삼덕항이나 통영항에서 배로 들어가는데 삼덕항에서 가는 것이 빠르다. 3시 30분 배로 차를 싣고 욕지도 항구에 도착하니 4시 20분 정도. 짧은 겨울 해가 어느덧 뉘엇뉘엇하다.

낚시점에 들러 미끼를 사면서 물어본다.

'호래기 잘 나와요?'

'호래기 요즘 안 나오는데……. 통영 쪽이 더 잘 나올 낀데…….'

아니 무슨 말씀! 호래기가 안 나오다니. 나의 꼬임에 따라, 호래기

는 잡아서 무엇 하냐는 생각으로 무작정 따라온 친구는 좀 황당한 표정을 짓는다. 400㎞를 달려와 차량 포함 왕복 뱃삯 8만 원을 내고 1박 2일로 통영 욕지도까지 왔는데 대상어가 안 나온다니. 그렇다고 포기할 수야 있나. 낚시점 주인 말이 틀리기를 기대하면서 채비 준비를 하고 적절한 장소를 물색한다.

보안등이 적절히 밝은 항구 한쪽. 채비를 투척한다. 해가 지기 시작하면서 맞바람이 분다. 채비가 제대로 날아가지도 않는다. 민장대로도 해보고 루어대로도 해보지만 그 흔한 어물전 꼴뚜기는 그림자도 보이지 않는다. 한 두 시간을 그렇게 보내다가 친구와 나는 누가 먼저랄 것도 없이 항구 한구석의 포장마차에 들어간다. 뱅에돔, 멍게, 해삼, 소라 등을 안주로 소주를 마시기 시작한다. 뭐 사실 이럴 때는 잡아서 먹으나 사서 먹으나 마찬가지다, 특히 섬에 들어오면 다 자연산이다, 호래기보다 이게 백번 낫다 등등 말들의 성찬을 또 하나의 안주로 삼아 취해간다.

아침 욕지도 북쪽에 있는 목과 방파제로 가기로 했다. 목과 방파제는 조황이 좋기로 소문난 방파제. 발판도 안전하고 잡히는 어종도 참돔과 감성돔을 비롯해 만만찮다는 정보를 입수하여 그곳에서 이번 낚시 여행의 끝을 보자고 작정한다. 쓰린 속을 달래며 둘이서 해안도로를 조금 달리다가 정말 황당한 장면을 목도한다. 돌이 무너져 길이 막혀 있는 것이다. 공사 중인지, 사태로 무너진 것인지 알 수 없다. 물어볼 사람도 없다. 망연자실, 차를 돌려 나오면서 욕지항 방파제에 오른다. 태풍 같은 바람이 분다. 춥다. 그래도 5.3m 릴 1호대에 반유동 채비를 갖추고 밑밥을 쥐 가면서 캐스팅을 한다. 찌가 바람 때문에 안쪽으로 밀려와 밑 걸림이 심하다. 도저히 낚시가 안 된다. 포기. 이날 아침 9시까지 친구와 나는 꼴뚜기는커녕 물고기 얼굴도 못 보았다. 그럴 수는 없지. 아무 고기라도 얼굴은 보고 가야지.

마지막 방법이 남아 있었다. 방파제 바로 아래도 양식장이 있고, 그럴듯한 바다 좌대가 있었던 것이다. 그쪽으로 가니 조그만 입간판이 서 있었다. '황금어장'이라고. 황금어장!

전화를 하니 바로 사람이 나와 1분 거리도 안 되는 수상 좌대로 데려다 준다. 낚싯대와 채비도 다 되어 있고, 새우 미끼도 준비되어 있다. 채비는 고등어 어피 5단 채비, 봉돌은 12호다. 이것이야말로 쉬운 낚시다. 미끼를 잘 달고 내려주기만 하면 된다. 어신이 오면 초릿대에 신호가 오고 그러면 감아올리면 된다. 다만, 고등어나 전갱이 같은 녀석은 수심 층을 달리할 때가 많으므로 수심 층을 부지런히 탐색하는 것이 요령이라면 요령이다.

낚싯대를 내리고 10~20분 지났을까. 첫 입질이 온다. 제법 손맛이 있다. 쥐치다. 그 다음엔 전갱이가 쌍걸이로 올라온다. 사실 전갱이 회 맛은 모르는 사람은 모르지만 아는 사람들에겐 고등어 이상이다. 기름기가 많아서 더 고소하다. 무엇이라도 많이 잡기만 하자. 고등어 낚시나 전갱이낚시는 얼기낚시와 마찬가지로 여러 마리를 미릿수로 잡아내야 하는 낚시다. 하지만, 수온이 내려간 탓에 고등어와 전갱이는 씨알도 잘고 드문드문 올라올 뿐이다. 12시면 낚시를 끝내야 한다. 오후 2시 15분 배로 나오기로 했으니까, 12시에는 철수를 해야 한다. 그때까지 잡은 고기가 고등어와 전갱이 몇 마리, 쥐치 한 마리, 우럭 새끼 한 마리. '황금어장' 사장님은 친절하게도 회까지 떠준다. 게다가 고기가 안 잡혀 미안하다며 통발에 든 제법 씨알 좋은 문어까지 한 마리 준다. 노량진 수산시장에 가면, 4~5만 원 할 문어를 입어료 2만 원 받고 그저 주시다니(1인당 1만 원). 고기가 안 잡히는 것은 자연의 뜻이지만 오늘처럼 빈작일 때 몇 마리의 고기나 한두 마리의 특산물이 낚시꾼에게는 얼마나 반가운 것인지를 사장님은 아시는 것이다. 좀 거창한 말로 그런 것을 '배려'라고 한다 하지.

철수하고 민박집으로 가서 낚은 전갱이 몇 마리 회 맛에 연방 감탄하면서 한양식당을 찾아 점심으로 해물짬뽕을 먹기로 했다. 욕지도를 검색하면 그 식당의 해물짬뽕 이야기가 필수 코스로 '강력 추천'되어 있다. 안 먹고 가면 욕지도에 안 온 것이나 마찬가지라는 협박에 농협 부근에 있다는 그 식당을 찾아가기로 했다.

욕지 농협 근처에서 골목길이 애매해 마침 지나가는 사람에게 식당 위치를 물어보았다. 그랬더니 바로 요 뒷골목인데 가지 말라는 것이었다. 자기도 찾아갔는데 한 시간 기다려야 한다고 해서 그냥 나왔다나. 그래도 우리는 갔다. 테이블 서너 개와 방 하나인 식당에는 정말 자리가 없었다. 얼마나 기다려야 하느냐고 물었더니 한 시간이라고 대답한다. 그러면서 자장면도 맛있으니 자장면 먹으라고 한다. 우리는 잠시 망설이다가 그냥 돌아서 나왔다. 한 시간을 기다리면 배시간을 맞추지 못하고 자장면을 먹으면 우리의 계획에 어긋난다는 이유 때문에. 대신 다른 집에서 해물탕을 먹고 다음에 오면 꼭 짬뽕을 먹기로 굳은 언약을 했다.

그렇게 해서 우리는 삼덕항으로 돌아와 서울로 왔다. 밤낚시로 호

욕지항 풍경. 서대를 말리고 있다.

래기도 못 잡고 낮낚시로 감성돔도 못 잡았다. 호래기 잡으러 불원천리(不遠千里), 천 리 먼 길을 물 건너갔는데, 호래기는 없었다.

참돔 타이라바낚시

🐟낚시에도 수많은 장르가 있다. 처음 낚시에 좀 관심을 가졌을 때 감탄했던 것이 낚시의 장르가 문학의 장르보다 훨씬 더 다양하다는 점이었다. 체계적으로 낚시의 장르를 구분해 보면 장소에 따라서 민물낚시와 바다낚시로, 찌의 유무에 따라서 찌낚시와 맥낚시로, 미끼에 따라 생미끼낚시와 루어낚시로 나눌 수 있다. 그 외에도 여러 방법으로 낚시의 장르를 세분화할 수 있다. 왜 그렇게 많은 낚시의 장르가 생겼을까 하고 생각했던 적이 있다. 사실 그 대답은 아주 간단하다. 물고기의 종류가 많고 그들이 서식하는 환경이나 생태가 각각 다르므로 잡는 방법도 그만큼 다양한 것이다.

낚시 외에도 고기를 잡는 방법은 수없이 많다. 배터리나 폭약이나 독극물을 사용해서 물고기를 싹쓸이하는 것도 잡는 방법이며 투망을 던지거나 어항을 넣어 잡는 방법도 있다. 군대 동기 중에는 맨손으로 기가 막히게 고기를 잘 잡는 병사도 있었다. 발목 정도 잠기는

첫 출조에 낚은 70cm가 넘는 참돔.

시내에서 물속의 돌 아래로 손을 집어넣어 살그머니 잡아내는 것인데 그의 솜씨는 그야말로 신기(神技)에 가까워 두어 시간이면 분대원 매운탕감은 충분히 잡았다. 겨울이 되면 해머로도 물고기를 잡았다. 포판을 다지는 데 사용하는 큰 해머로 바위를 내려치고 지렛대로 바위를 살짝 들면 충격으로 기절한 고기가 물에 떠내려가는 것이다. 하지만 어부가 그물을 치는 것과 마찬가지로 이런 행위들은 낚시라 하지 않는다. 낚시는 낚시 바늘을 사용하는 일체의 행위만을 말한다.

미끼가 없는 낚시도 있다. 훌치기라 하여 숭어 떼나 산란하러 몰려오는 잉어 떼, 혹은 학꽁치같이 군집을 이루는 고기를 여러 바늘이 묶여 있는 채비를 던져 고기를 걸어내는 낚시를 말한다. 이것은 낚시가 아니라고 훌치기꾼을 경멸하는 사람들도 많다. 훌치기꾼에게 물어보지는 않았지만 그들 스스로도 낚시한다고는 하지 않을 것 같으므로 이것을 낚시라고 보기는 어렵다. 낚시는 모름지기 바늘을 사용하여 미끼로 고기를 유혹하여 잡아내는 기술인 것이다. 즉, 속임의 기술이다. 이 속임의 최고봉이 루어낚시다. 지렁이나 떡밥같이 진짜로 고기가 좋아하는 미끼가 아니라 고기가 먹을 수 없는 것을 먹을 수 있는 것처럼 보이게 하는 사기(詐欺)가 루어낚시다.

루어(lure)의 어원은 짐승을 꾀어 들인다는 뜻이다. 꾀어 들이니 유혹, 매혹 등의 뜻으로 발전했다. 여기에 낚시라는 단어가 첨가되면서 인조로 만든 미끼를 사용하여 고기에게 사기 치는 모든 낚시를 루어낚시라고 한다. 떠도는 이야기에 따르면, 예전 누군가가 선상에서 식사를 하다가 실수로 숟가락을 강물에 빠뜨렸다고 한다. 그 숟가락에 금도금이라도 되어 있었는지, 숟가락 주인은 강물에 떨어진 숟가락의 행방을 주시했다. 그때 물고기들이 숟가락 주위로 득달같이 달려드는 광경을 목격했다는 것이다. 바로 이때 낚시의 역사를 바꿀 한 가지 아이디어가 탄생했다. 숟가락에 낚시 바늘을 달아 던지면 어떻게 될까? 결과는 대성공이었다고 한다.

지금도 금색이나 은색 스푼 루어를 던지면 강눈치, 끄리 같은 육식 어종이 잡히고 운 좋으면 쏘가리도 잡는다. 여기서 더 나아가 벌레의 형태로 만든 웜(worm), 금속으로 만든 물고기 모양의 미노우(minnow), 회전판이 달린 스피너(spinner) 등등 재질과 형태가 다른 수천 수만 가지의 루어가 탄생했다. 심지어 인조 파리도 있다. 영화 〈흐르는 강물처럼〉에서의 명장면에서 하는 낚시가, 인조 파리를 미끼로 단 플라이낚시인 것이다.

최근에 신종 루어가 하나 탄생했다. 타이라바라는 것인데 참돔을 주대상어로 노린다. 타이라바란 타이(tie)와 라바(rubber)의 합성어이다. 일본에서 만들어진 신조어다. 금속 머리에 치렁치렁하게 고무 가닥을 묶어 장식하여 주꾸미같이 만들고 속에 바늘 두 개를 숨겨 놓은 루어다. 선상에서 수직으로 바닥으로 내려 참돔을 유인하는 낚시다. 과거 참돔을 낚으려면 갯바위나 선상에서 밑밥으로 유인해서 낚는 찌낚시가 주류였지만 이제 새로운 방법이 소개된 것이다. 그렇다면 시도해 볼 만하지 않는가? 참돔은 회로도 찜으로도 매운탕으로도 다 맛있는 어종이 아닌가? 우리말에서 '참'이라는 접두어가 붙으면 다 맛있거나 진짜다. 참깨, 참새, 참꽃, 참나물, 참외, 참조기 그리고 참돔!

이날 타이라바에 올라온 참돔들.

타이라바 바늘 두 개에 참돔과 부시리가 각각 물린 희귀한 장면.

이날 효과가 좋았던 타이라바.

아침 여섯 시, 여명이 터오를 무렵 충남 홍원항에서 배는 출항한다. 늘 그렇듯이 잠을 설치고 새벽 세 시에 차를 몰아 달려왔으나 배를 탈 때는 씩씩하기만 하다. 낚싯배는 선장 포함 10인승, 쾌속선이다. 외연도까지 한 시간 만에 주파한다.

우럭낚시를 갈까 하다가 새로운 낚시에 한번 도전해 보자고 두어 달 전부터 벼르고 있었다. 횟집에서 먹는 참돔이 거의 모두 양식이기에 자연산 참돔 맛을 보고야 말겠다는 고집도 있었다.

선장(서완호)에게 참돔낚시는 처음이라고 자수했다. 선장이 친절하게 간단한 요령을 알려주고 채비를 손보아 준다. 선장 바로 옆에, 그러니까 조타실 바로 옆에 자리를 잡았다. 바다 풍경 끝내주는 외연도를 지나 부속섬인 석도쯤에서 낚시가 시작된다.

선장의 신호에 따라 배 한 켠으로 정렬한 9명의 꾼이 일제히 줄을 내린다. 수심은 30m 정도. 90g짜리 타이라바를 내린다. 바닥에 닿으면 서너 바퀴 릴을 감고 또 바닥에 내리고, 감고 내리고, 감고 내리고를 계속 반복하는 것이 요령이란다. 시키는 대로 했다. 쉬울 것 같지만 쉽지 않았다. 서해의 빠른 유속 때문이었다. 보통 우럭낚시를 하면 375g 봉돌을 사용하기에 그 감각에 익숙해서 90g짜리가 바닥에 닿았는지 감이 잘 오지 않았다. 그렇게 헤매고 있는 동안 벌써 옆 조사들은 참돔에다가 부시리까지 올리고 있었다. 참놈도 힘이 좋지만 부시리의 힘은 낚시꾼이라면 누구나 그 당찬 바늘털이의 힘을 안다. 대개 등 푸른 생선이 차고 나가는 힘이 더 좋다.

그렇게 채비가 바닥에 닿는지 마는지도 모르고 열심히 릴링을 하는 중에 뭔가 덜커덕하고 걸렸다. 당연 고기지. 루어대가 휘어지고 릴

아이스박스에 담긴 참돔들. 누구 입으로 들어갔을까?

을 돌리는 어깨에 힘이 들어간다. 큰 놈은 아닌 것 같다. 한참 올리다 보니 물밑으로 황금색 물고기가 보인다. 선장이 재빠르게 뜰채를 댄다. 첫 수. 상사리급을 조금 넘는 참돔이다(상사리는 새끼 참돔을 뜻하는 낚시꾼들의 은어이다). 몇 번을 더 해보니 바닥에 채비가 닿는 감각을 알 것 같다. 뭐든지 처음이 중요한 법. 한 마리 잡아보니 타이라바낚시의 메커니즘을 알 것도 같다. 이어 뭔가 또 덜컹하고 물었다. 이번에는 옆으로 치고나가는 것이 아무래도 광어 같다. 올라오니 역시 광어다. 배 여기저기에서 우럭, 광어, 장대, 부시리, 참돔 등등 여러 어종이 올라온다. 장소를 옮기고.

타이라바를 내리고 몇 번 릴링을 하는데 느낌이 왔다. 크게 챔질을 하니 낚싯대로 느껴지는 저항이 대단하다. 온몸에서 아드레날린이 분출되는 것 같다. 심장 박동소리가 높아진다. 대물임을 직감한다. 흥분하여 감아올리기 시작한다. 선장이 뜰채를 가지고 달려오더

타이라바에 잡힌 여러 물고기들. 참돔, 우럭, 광어, 장대 등.

니 천천히 감으라고 주문한다. 나도 모르게 흥분하여 빨리 감았던 것이다. 천천히, 휘어지는 낚시대의 곡선과 고기의 저항을 최대한 즐기면서 감아올린다. 마침내 뜰채에 담겨진 것은 70cm가 넘는 대형 참돔. 참돔 타이라바 첫 출조에서 홈런을 날린 것이다.

이날 확인한 타이라바의 위력은 대단했다. 참돔에다가 부시리까지 힘 좋은 고기 손맛을 충분히 보았던 것이다. 타이라바를 잘 운용하면 바닥에 서식하는 거의 모든 어종을 잡을 수 있다는 것을 확인했다. 언젠가는 제주로 가서 타이라바로 다금바리에 한번 도전해 보리라 하는 생각으로 또 즐겁다.

빙어낚시

🐟 빙어는 한겨울에 잡는다. 조선시대의 실학자 서유구(1764~1845)는 『전어지』에 '동지가 지난 뒤 얼음에 구멍을 내어 그물이나 낚시로 잡고, 입추가 지나면 푸른색이 점점 사라지기 시작하다가 얼음이 녹으면 잘 보이지 않는다' 하여 얼음 '빙(氷)'에 물고기 '어(魚)' 자를 따서 '빙어'라 불렀다는 기록이 남아 있다.

빙어가 원래 바닷고기라는 사실을 아는 사람은 많지 않다. 한국의 댐이나 저수지에서 번식하는 빙어는 대부분이 1925년 함경남도 용흥강에서 도입하여 육봉화 시킨 것이다. 소양호, 춘천호, 합천호, 안동호의 빙어들은 1970~1980년대 일본에 수출하여 소득을 올리기 위해 이식된 것들이다. 빙어낚시하면 거의 저수지 얼음낚시를 연상하지만 동해안 북부 포구에서는 바다빙어낚시가 행해지기도 한다. 특히 속초의 대포항에서 많이 이루어지는데 호수빙어보다는 그 크기가 훨씬 크다. 육봉화가 진행되면서 그 크기가 작아졌는데 신기한 것은 춘천호

인제대교 아래에서 낚시하는 꼬마 조사.

한 마리 올라오면 소주 한 잔.

빙어낚시는 야유회 낚시.

빙어는 씨알이 크고 소양호 빙어는 특히나 그 씨알이 잘다는 점이다. 그 이유는 잘 모르겠다. 빙어는 생태적으로 보면 은어나 연어에 가까운 물고기다. 바다에서 살다가 봄 산란철이 되면 강이나 여울로 올라와 산란한다. 1년 만에 산란하고 죽는다는 설도 있고, 2년 정도까지 산다는 설도 있다. 저수지에 사는 빙어들도 4, 5월이 되면 상류로 거슬러 올라 산란한다.

한반도가 시베리아보다 더 추웠다는 2011년 1월 15일 빙어낚시의 메카 소양호로 차를 몰았다. 도로가 워낙 잘되어 있어 새벽 4시에 출발하니 2시간 만에 인제 신남 선착장 부근에 도착했다. 하지만 서울에서부터 신남에 도착할 때까지 문을 열어놓은 낚시가게가 하나도 없었다. 낚시를 하려면 미끼가 있어야 하는데, 미끼를 파는 낚시점이 없으니 말짱 도루묵이다. 미끼를 사러 인제 읍내까지 갔다. 그러나 인제읍에 있는 가게도 문을 열지 않았다. 혹시 낚시를 하고 있는 사람들이 있으면 좀 빌려서 하자는 생각으로 인제대교로 다시 차를 돌렸다.

해가 떠오르지 않아 깜깜한 상황에서 새로 생긴 인제대교 옆 구교로 가 보았지만 낚시꾼은 하나도 없고 얼음 언 황량한 강만이 어렴풋이 눈에 들어왔다. 캄캄해서 강 위에 내려설 엄두도 내지 못하고 다시 신남 선착장 쪽으로 가보았다. 이곳은 해마다 빙어축제가 열리는 곳이지만, 올해는 구제역 때문에 빙어축제가 취소되었다. 선착장 쪽에는 아직 결빙이 완전히 되어 있지 않고 물만 출렁거리고 있었다. 그제야 해가 뜨면서 사위가 밝아지기 시작했다. 물어볼 사람도 없고, 열어놓은 가게도 없어 계속 헤매는 상황. 다시 인제대교 쪽으로 차를 몰

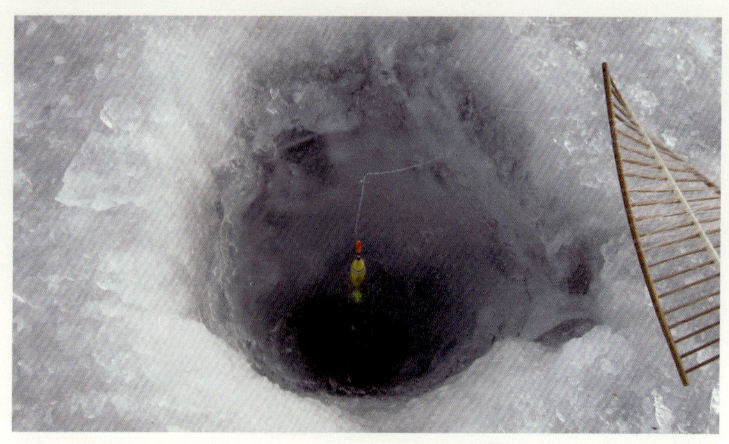

빙어낚시의 재미는 고추찌를 보는 데 있다.

고 가다가 구교로 가는 샛길로 들어서니 매점 비슷한, 라면도 팔고 커피도 파는 가게가 불을 켜놓았다.

가게로 들어가니 미끼가 있단다. 빙어 잘 나오느냐고 물어보니까 잘 나온다고 한다. 믿을 수는 없지만 일단은 안심이다(낚시가게에서 조황을 물어보면 대개는 잘 나온다고 한다). 미끼를 사고 강으로 내려가는 길목으로 들어서니 길이 막혀 있다. 구제역으로 외부인 출입 금지 구역이라는 안내 팻말이 있고, 길은 아예 차가 출입할 수 없게 포클레인으로 둔덕을 만들어 놓았다. 잠시 망설였다. 돌아가야 하나. 하지만 강 쪽을 보니 비닐하우스가 있고 썰매 같은 것들도 놓여 있어 사람들이 출입하는 것 같은 흔적도 있고 발자국도 있었다. 이 추운 날 여기까지 와서 포기할 수야 없지.

차를 길가에 주차하고 강으로 내려갔다. 자세히 보니 여기저기 얼음 구멍 흔적이 보였다. 강에는 아무도 없었기에, 또 최근에는 여기

온 적이 없었기에 혹 얼음이 제대로 얼지 않았으면 어떡하나 하는 두려움도 있었지만, 설마 영하 18도에 제대로 얼지 않았으랴 하는 생각으로 용감해지기로 맘먹고 강심 쪽으로 조금 나아가 얼음 구멍을 뚫기 시작했다.

사실 빙어낚시의 매력은 이 구멍 뚫기에 있다. 대형 얼음끌로 얼음을 찍으면 '쩡' 하는 소리가 빈 강으로 퍼져나가다가 맞은편 산에 부딪혀 메아리가 되어 돌아온다. '쩡, 쩡' 하는 소리가 울리면 아무리 추워도 몸에는 땀이 나기 시작한다. 구멍을 뚫어보니 50cm 정도로 두껍게 얼어 있다. 미끼를 달고 첫 입수.

소식이 없다. 동쪽 산에서 해가 떠오르기 시작한다. 시간을 보니 8시가 넘었다. 그제야 2~3명씩 혹은 가족 단위로 낚시객들이 강에 들어서기 시작한다. 그들도 얼음 구멍을 뚫는다. 한동안 '쩡, 쩡' 소리가 소양강 상류로 울려 퍼진다. 한 시간 정도 열심히 낚시를 했을까. 여전히 나오지 않는다. 원래 빙어는 한 마리로 승부를 거는 고기가 아니다. 그 작은 멸치 같은 놈, 한 마리 잡아서 뭐하겠는가. 그 추위에. 고추찌를 달아 놓고 고추찌가 여러 번 쏙쏙 연속으로 들어가는 것을 보면서 한 마리, 두 마리, 하고 세는 것이 빙어낚시의 매력이다. 좀 더 강심으로 나아가서 또 구멍을 판다. 이번에는 아예 두 군데를 판다. 땀이 솟구친다. 다시 입수. 그래도 영 소식이 없다.

사실 인제 소양호 상류에서는 빙어축제가 시작되기 전인 90년대 중반에만 해도 물 반 고기 반이라고 해도 거짓말이 아닐 정도로 빙어가 잘 잡혔었다. 200~300마리 정도는 기본이었다. 그런데 요즘은 하류 쪽에서 빙어의 길목을 가로막고 그물을 치고 있어 빙어가 대량으로 소상하지 못한다. 지역민의 소득 때문이라니, 뭐 항의할 수도 없다. 시간이 지나자 얼음판에는 제법 사람들이 많아졌다. 빙어 얼굴조차 구경하지 못하는 사람들이 대부분이다.

강 위 얼음판 여기저기를 다니기 시작한다. 원래 빙어란 놈도 다니는 길이 있다. 즉, 포인트가 있는 것이다. 수많은 얼음 구멍 중에서 나오는 곳이 반드시 있게 마련인 것이다. 한참을 다니다가 유독 혼자서만 여러 마리를 잡는 낚시꾼을 발견했다. 양해를 구하고 그 바로 옆에 구멍을 뚫었다. 그제야 빙어가 한 마리 두 마리 간간이 올라온다. 파닥거리면서 올라오는 빙어가 이쁘다. 그렇게 이쁠 수가 없다.

해가 완전히 올라와 빙판을 환하게 비추면서 가족 단위의 낚시객들이 많아졌다. 여기저기서 환호성이 들린다. 이제야 빙어가 올라오기 시작하는 것이다. 아예 소주병과 초고추장을 놓고 한 마리 올라올 때마다 한 잔 하는 팀들도 보인다. 한 마리 올라오면 한 잔, 두 마리 올라오면 두 잔인 것이다. 예전에 춘천호 신포리에서 빙어낚시를 할 때, 낚시는 하지 않고 소주병을 들고 다니며 다른 사람이 잡아놓은 빙어를 구경하면서 한두 마리씩 각출하여 안주 삼아 마시다가 만취한 사람을 본 적도 있다. 그렇게 빙어낚시는 본격적인 낚시라기보다는 그저 휴일의 축제 혹은 행락의 소일거리 정도인 것이다.

그렇지만 나는 열심히 낚시를 한다. 한 스무 마리 잡았을까. 정오가 지나면서 추위에 지쳐 낚시를 마감한다. 물과 얼음과 함께 빙어를 아이스박스에 담으면 서울까지 가도 이놈들은 여전히 살아 있을 것이다. 나는 꼭 살려가기로 마음먹고 성실하게 한 줌의 빙어를 담는다.

TIP 빙어낚시 추천 장소

빙어낚시는 3월 초까지 이어지는데 의암호, 춘천호, 소양호 등지에는 조과가 요즘은 오히려 빈약하다. 가족나들이로 즐기기 위해서는 수도권에서 가까운 저수지를 택하는 것이 조과면에서 유리하다. 강화도의 분오리지나 황청저수지, 양평의 백동지, 괴산의 중평지, 용인의 두창지, 음성의 사정지, 안성의 금광지 등이 유명하다. 입어료로 5,000원에서 10,000원까지 받는 곳도 있는데 대개는 성인 남자 1명 기준이다.

가자미낚시

서울에서 강원도 영동 북부권으로 가는 고개는 구룡령, 한계령, 미시령, 진부령 등이다. 그중 설악산의 절경을 타고 넘는 길은 미시령과 한계령이다. 그 절경은 우리 국토의 가장 깊은 속살이면서 영서와 영동을 구분하는 하나의 경계여서 일찍이 시와 노래로 불려졌다. 한계령을 두고 가수 양희은은 '저 산은 내게 우지 마라 우지 마라 하고 / 발아래 젖은 계곡 첩첩산중 / 저 산은 내게 잊으라 잊어버리라 하고 내 가슴을 쓸어내리네 / 아 그러나 한 줄기 바람처럼 살다 가고파'라고 노래 불렀다. 바람처럼 자유롭게 살다 가고프다는 것이 이 노래의 주제일 것이다. 약 20년 전 시인 황동규는 미시령을 이렇게 노래했다.

아 바람!
땅가죽 어디에 붙잡을 주름 하나

나무 하나 덩굴 하나 풀포기 하나

경전(經典)의 글귀 하나 없이

미시령에서 흔들렸다.

풍경 전체가 바람 속에

바람이 되어 흔들리고

설악산이 흔들리고

내 등뼈가 흔들리고

나는 나를 놓칠까봐

나를 품에 안고 마냥 허덕였다.

(중략)

이상하다

바람이 일기 시작한다.

복도 끝의 나무들이 흔들리고

가로수와 간판이 흔들리고

강원도 나무들이 환하게 소리지르고

그 바람 점점 커져

드디어 내 상상력을 벗어난다.

아 이 천지(天地)에

미시령 큰바람.

이 시에서도 미시령에는 바람이 불고 그 바람은 시인을 새로운 경지로 밀어 올린다(하지만 바람은 낚시의 적이다!).

설날 새벽 4시, 집을 출발해 일출도 보고 가자미낚시도 하기 위해 속초 바로 위 공현진항을 향해 출발한다. 시인, 묵객들이 대관령이나 미시령을 소재로 많이 등장시킨 이유 중의 하나는 거리상의 아득함에도 있었지만, 요즘은 길이 너무 좋아 아득함은 옛말이 되어버렸다. 그렇기에 당일치기로 동해 북부권 낚시도 가능해졌다. 두 시간이 조금 지나 용대리를 경유 미시령터널 입구에 도착한다. 비록 3천 원을 내야 했지만 미시령터널을 통해 바람 구경도 안 하고 속초까지 2시간 30분 만에 도착한다. 현재 동홍천까지 완공되어 있는 동서고속도로가 양양까지 이어지면 2시간 만에 동해안 북부권에 도달할 것이다.

공현진항에 도착한 것이 아침 7시. 설날이어서 그런지 낚시꾼들이 거의 없다. 차에 앉아서 일출을 기다린다. 7시 30분경. 해가 뜨려는지 하늘이 보라색으로 물든다. 바람도 없고 구름도 없다. 동해 수평선 쪽에 옅은 해무 같은 것이 낮게 깔려 있을 뿐이다. 이윽고 신유년 첫 해가 뜬다. 첫 해에 건깅과 행복과 같은 가장 유치하고 상투적인 소망을 담는다. 바람같이 살게 해달라는 시적인 소망 같은 것은 담지 않는다.

낚시가게 앞에 공현진 삼해호 김삼호 선장이 기다리고 있다. 낚시꾼이 나밖에 없단다. 하기야 설날 아침부터 낚시하겠다고 200km를 달

공현진항을 배회하는 오누이.

려온 정신 나간 놈이 어디 흔하겠는가. 어지간하면 9시경에 몇 명이 승선하는 다른 배가 있으니 그 배를 타라고 권유한다. 물론 한 시간을 기다려도 된다. 하지만 낚시꾼의 심정은 그렇지 않다. 1분 1초가 아까운 것이다. 1시간이나 기다려야 한다는 것은 며칠이나 굶은 사람이 구수한 밥 냄새를 맡고도 기다려야 하는 심정과도 같다.

소설가이자 번역가인 안정효의 소설 『미늘』에 보면 이런 장면이 나온다. 낚시꾼 A가 추자도로 낚시를 가기 위해 남해의 어느 항구로 차를 몬다. 거의 낚시점에 도착할 무렵 다른 차와 접촉 사고가 나서 차가 많이 망가진다. 상대편 차에는 낚시꾼 B가 타고 있다. 물론 그들은 생면부지(生面不知)의 사이다. 서로 낚시꾼임을 확인한 그들은 물때를 놓치면 큰일이니, 사고 처리는 나중에 하고 어서 추자도로 출발

찰스 브론슨을 닮은 삼해호 선장.

하기로 합의한다. 물을 앞에 둔 낚시꾼의 심정이 바로 그런 것이다. 나 역시 온갖 미사여구를 동원해 선장을 꼬드겨 8시에 기어코 혼자서 삼해호를 탄다. 선장도 그런 낚시꾼의 마음을 아는지라 바로 배를 출발시킨다.

낚시 현장은 공현진항에서 10분 거리. 선장은 뒤에, 나는 앞에 자리 잡고 낚시를 시작한다. 열기 채비 바늘 열 개에 갯지렁이 미끼를 단다. 채비를 입수하니 수심이 60m 정도 된다. 내리자마자 '두둑' 하는 미약한 입질이 온다. 선장이 입질이 오면 한 번 챈 다음 줄을 조금씩 풀란다. 몽땅걸이를 위해서다. 가자미는 바닥 층에 서식하니 바늘 열 개가 바닥에 닿도록 하는 것이 요령이란다. 한참 기다리다가 올리니 대여섯 마리의 물가자미가 달려 있다. 씨알은 명함 크기 정도에서

손바닥 크기 정도로, 아직은 잘다. 선장은 9마리를 올린다. 자세히 보니 채비 상단에 10호 크기의 봉돌을 물리고 있다. 아래는 80호 봉돌이니 먼저 바닥을 확인하고 한 마리가 물리면 줄을 풀어 상단의 바늘이 바닥에 닿을 수 있게 상단에도 봉돌을 다는 것이다. 선장에게 10호 봉돌을 얻어서 나의 채비 상단에도 물린다. 그리고 입수, 기다렸다가 감으니, 9마리가 줄줄이 걸려 나온다. 그야말로 주렁주렁이다. 결과는 열기낚시와 비슷하지만, 요령은 정반대이다. 열기는 입질이 오면 조금씩 낚싯대를 들어야 하지만 가자미는 반대로 내려야 한다. 다 고기들의 서식 환경이나 습성 때문에 그렇다. 그 다음부터는 정신없이 바쁘다. 미끼 달고 내리고 올리고 고기 떼고, 미끼 달고 내리고 올리고……. 미끼 달기가 귀찮아서 볼락용 웜을 달아보았지만, 웜에는 이상하게도 반응이 없고 새우를 달아보니 반응은 있지만 미끼만 따먹고 사라진다. 역시 가자미 낚시에는 청갯지렁이가 최고의 미끼다. 결국 미끼가 떨어져 12시경에 철수했다. 나의 조과는 150여 마리. 선장은 300여 마리.

　동해 북부 어구가자미(물가자미)낚시는 속초, 고성, 거진 등에서 1월부터 5월 정도까지 이루어진다고 한다. 모든 어종이 그렇지만 이 가자미낚시도 초반에는 씨알은 잘고 마릿수는 많으며, 후반기에는 반대의 상황이 펼쳐진다. 씨알이 잘지만 뼈째로 썰어먹는 가자미 뼈회(일본말로는 새꼬시)는 일품이다. 항구로 돌아와, 찰스 브론슨을 닮은 콧수염이 멋진 김삼호 선장은 가지미를 손질해서 회무침을 만들어주었다. 맛이 환상이다. 물회로도 맛있고 튀겨먹어도 맛있단다. 그렇다. 가자미낚시는 손맛의 낚시가 아니라 입맛의 낚시인 것이다.

볼락낚시

🐟목요일 오후 나른한 시간, 하응백 씨가 맞느냐고 하는 전화가 왔다. 내가 그렇다고 대답하자, 상대편에서 다짜고짜로, '니가 그 하응백이 맞냐?'라는 목소리가 들려왔다. 그 하응백이라니? 내가 무슨 말이냐고 묻자 신문에 낚시 기사를 쓰는 그 하응백이 자기가 알고 있는 고등학교 동기 하응백이냐는 것이었다. 물론 맞다. 대한민국에 하응백이라는 이름을 쓰는 사람은 나 한 사람밖에 없으니까. 그래서 '넌 누구냐' 그랬더니 백성목이란다. 기억난다. 고등학교 2, 3학년 때 한 반이었던 얼굴이 하얗고 예쁘장한 친구.

그 다음부터는 중년 남자들의 오후의 수다가 이어진다. 전화통화 내용을 요약하면, 그는 오라클이라는 회사에 다니는데 지금은 상무이사다, 한 5년 전부터 낚시에 빠져 거의 매주 출조를 한다, 인터넷으로 낚시 관련 정보를 검색하다가 우연히 나의 낚시 기사를 보았고, 그래서 반가워 전화번호를 수소문해서 통화가 이루어졌다는 것이다. 보

통, 동창들과 한 30년 만에 통화가 되었을 경우 대개는 '그래, 언제 만나 소주 한잔 하자'로 끝나는 것이 대부분이겠지만, 둘 다 낚시꾼이라해도 '그래 조만간 낚시 한번 같이 가자'로 끝나도 되었을 것을 아예'열 일을 제쳐 놓고 이번 주에 낚시 같이 가자'로 결말이 났다. 고등학교를 졸업하고 32년 만에 오로지 낚시 때문에 처음 만나기로 했던 것이다.

주말은 사리 물때라 물때도 좋지 않고 일 년 중 가장 수온이 낮은 편에 속하는 영등철이라 출조는 좀 어리석은 것임을 둘 다 잘 알지만, 여하튼 가기로 했고, 그래서 볼락이나 잡으러 가지고 일요일을 택했다. 낚시라면 역시 열 일을 제쳐 놓는 변호사 유강근 군과 함께 고등학교 동창 세 명이서 일요일 밤 0시 10분에 만나 통영으로 출발했다.

볼락은 수도권 지역에서는 별로 인기가 없거나 아는 사람도 그렇게 많지 않지만 통영이나 삼천포 지역에서는 가장 인기 있는 어종이다. 볼락은 특히 구이를 별미로 치며, 워낙 귀하기 때문에 서울까지 올라올 수도 없는 어종 중의 하나이다.

볼락을 잡는 방법은 대개 세 가지. 첫째는 루어낚시이다. 야간에 방파제나 갯바위에서 웜이나 스피너를 이용해 볼락을 꼬드겨 잡는 것. 물론 선상에서도 가능하다. 둘째는 민장대에 갯지렁이 미끼를 달아서 갯바위, 선상, 방파제 등에서 하는 낚시. 이 낚시도 야간에만 가능하다. 셋째는 주간에 볼락을 잡을 수 있는 배낚시다. 10m에서 30m 정도 되는 암초가 잘 발달된 지역에서 새우나 오징어 등의 미끼를 사용하여 잡아내는 것인데 씨알이나 마릿수는 주간 배낚시가 여건만 맞으면 최고다. 몇 년 전 겨울에 배낚시로 100여 마리의 볼락을 잡았을 때도 있었다. 낚는 방법은 열기를 잡는 것과 거의 동일하다. 봉돌이 바닥에 닿으면 약간 올리고 입질이 오면 다수확을 위해 조금씩 릴을 감아올리면 되는 것이다. 다만 열기보다 밑 걸림이 많은 것은 각오해야 한다.

세 명은 교대로 씩씩하게 볼락을 향하여 전투적으로 운전한다. 통영대교를 지나 미륵도를 휘감아 지나니 새로 생긴 박경리 기념관이 나온다. 박경리 선생 묘지 팻말도 보인다. 한번 들러야지 하면서도 늘 그냥 지나친다. 갈 때는 새벽이라 또 낚시 때문에 못 들르고, 올 때는 피곤해서 그냥 지나친다. 선생께 좀 미안하다. 여하튼 그곳을 지나면 산양읍에 위치한 조그만 신전리 포구에 자리 잡은 흥부낚시점이 나온다. 김성득 선장이 반갑게 맞이한다. 아침으로 떡국을 먹고 작년에 새로 건조했다는 블루오리온 2호에 바로 올라탄다. 갈치배로 건조해서인지, 간격이 넓고 시설이 좋다. 하지만 배가 커서 좁은 포인트에서는 나오는 쪽만 나올 것 같은 생각이 든다(사실 이 예감은 적중했는데 결과적으로 보면 배 앞쪽에 자리 잡은 사람들의 조과가 좋았다).

7시경 거제도 해역에 도착해서 낚시를 시작한다. 하지만 역시 물살이 빠르다. 몇 번 시도하다가 선장이 물살이 좀 약한 곳으로 배를 이동한다. 바늘 10개의 열기, 볼락 채비를 우럭 채비로 바꾸어 달아보란다. 이럴 때를 대비해서 나는 낚싯대를 두 대 가지고 다닌다. 채비 교환에 시간이 걸리니 아예 10개 바늘 채비와 우럭 채비를 따로 가지고 다니는 것이다. 바닥을 탐색하니 뭔가 강렬한 입질이 왔다. 올라오면서도 계속 앙탈을 한다. 손맛이 좋다. 배에 올리니 삼뱅이다. 통영이나 부산권에서는 이 붉은 고기를 삼뱅이라 하지만 사실 표준어로는 붉은쏨뱅이다. 서해에서 우럭낚시를 할 때 가끔 잡히는, 낚시꾼에게 천대받는 쏨뱅이와는 다른 고기이다. 붉은쏨뱅이는 제주에서는 우럭이라고도 하는데 회와 매운탕이 아주 맛있는 고급 어종이다. 최근에 수만 마리의 치어를 방류했다는 기사를 본 적도 있다. 회는 부드러우면서도 단단하고 감칠맛이 있다. 빨리 물러지기 때문에 제 맛을 즐기려면 얼음 위에 놓고 차게 해서 먹는 것이 좋다. 첫 수에 씨알 좋은 붉은쏨뱅이. 좋은 출발이다. 하지만 거기까지. 이후 작은 씨알의 붉은쏨뱅이 몇 마리에 그친다. 백 상무와 유 변호사의 조과도 형편없다.

붉은쏨뱅이. 회도 매운탕도 맛있는 고급 어종이다.

오전 10시쯤 그동안 잡은 고기를 모아서 회를 친다. 도다리에 붉은 쏨뱅이에 열기에 소주와 친구에다 거제 해역의 엄청난 바다 풍경. 오전 조과로야 초라하지만, 목표했던 볼락은 못 잡았지만, 이 순간만큼은 더할 나위 없이 행복하다.

점심시간이 지나고도 지루한 시간이 이어진다. 그 잘 잡히던 열기까지 자취를 감춘 듯하다. 물때 때문인지, 수온 때문인지 정확한 이유는 알 수 없다. 원인과 결과가 분명한 논리학이나 수학과는 달리 자연에서 벌어지는 일들은 알 수 없는 일들이 많다. 박경리 선생 소설 속의 한 내용이 생각난다. 자연은 아름답거나 평화롭지 않다고, 자연만큼 잔인한 것도 없다고 한 말씀. 자세히 속을 들여다보면 자연은 치열하고 잔인하다. 그렇기에 인간은 자연에 순응하며 살아간다. 자연의 잔인한 광폭성에 인간은 감히 도전할 수 없다. 결국 낚시도 바다가 주는 만큼 가져갈 뿐인 것이다.

그러다가 오후 3시경 철수 30분 전에 바다의 선물이 왔다. 나의 채비에 기다리던 볼락이 두 번 연속으로 두 마리, 세 마리가 달린다. 씨알이 신발짝만 하다. 유 변호사의 채비에는 다섯 마리가 한꺼번에 걸린다. 그리고 끝이다.

돌아오는 길, 백 상무는 은근히 고백한다. 혼자 다니는 낚시가 심심하고 외로웠다고. 안 가면 될 것을 왜 심심하고 외로운 취미를 가졌냐고 물을 수는 없다. 나도 그래도 다녔고, 또 다니니까. 그래, 이제 함께 다니자. 한 10년은 같이 다닐 수 있겠지. 그리고는 힘이 없어 못 다닐 거다. 그때까지는 함께 다니자.

대구낚시

● 대구(大口)는 입이 크다고 해서 붙여진 이름이다. 실제 대구를 잡아보면 입이 크긴 크다. 몇 년 전 거의 미터급에 육박하는 대구를 잡아갔더니, 팔순을 넘기신 어머니께서 입 큰 대구를 대단히 반가워하시면서, 당신이 어릴 때 외할아버지가 장날 큰 대구를 한 마리 사오시면 큰 가마솥에 무 넣고 푹 끓여 20여 명에 달하는 식솔들이 달게 먹었다는 말씀을 하셨던 것이 기억난다. 어머니의 고향이 경북 선산이니 1930년대 얼마나 대구가 많이 잡혔으면 그 내륙 지역까지 대구가 올라왔을까. 당시 교통 사정을 생각하면 대구는 아주 흔한 생선이었던 모양이다. 하기야 요리법이 발달한 생선은 대개 흔한 생선인 경우가 많다. 대구는 회, 찜, 포, 탕 등으로 먹을 뿐 아니라 아가미나 내장으로 젓갈도 담으니 먼 옛날부터 많이 잡혔던 생선임에 틀림없다.

백석이라는 시인이 있다. 1912년 평북 정주에서 태어나 영문학을 전공했고 조선일보 기자를 지내다가 1935년 시 「정주성」을 발표하면서 문단에 등단한 그는 토속적 세계의 단면을 토착적 언어로 정착시켰다는 평을 받은 천재 시인이었다. 분단 이후 그의 소식을 몰랐다가 최근에야 그가 1957년 숙청되어 양치기 일을 하다 1995년 1월에 작고했다는 사실이 알려졌다. 그 사실을 알 리 없었겠지만 백석의 젊었을 때의 연인이었던 자야 여사(김영한)는 요정 대원각을 돌아가신 법정 스님에게 1996년 시주했다. 당시 시세로 1000억 원 정도였다는 대원각이 그렇게 해서 길상사가 되었고, 자야 여사는 1999년 작고했다. 잠깐 사랑하고 반세기를 헤어져 있다가 연인들은 몇 년 시차를 두고 각각 세상을 떠났던 것이다. 그 백석의 시 「통영」에도 대구가 등장한다.

구마산(舊馬山)의 선창에선 좋아하는 사람이 울며 내리는 배에 올라
  서 오는 물길이 반날
   갓 나는 고장은 갓 같기도 하다

   바람맛도 짭짤한 물맛도 짭짤한

   전복에 해삼에 도미 가자미의 생선이 좋고
   파래에 아가미에 호루기의 젓갈이 좋고

   새벽녘의 거리엔 쾅쾅 북이 울고
   밤새껏 바다에선 뿡뿡 배가 울고

m급 대구. 한 마리면 20명이 먹을 수 있다.

자다가도 일어나 바다로 가고 싶은 곳이다

집집이 아이만한 피도 안 간 대구를 말리는 곳
황아장수 영감이 일본 말을 잘도 하는 곳
처녀들은 모두 어장주한테 시집을 가고 싶어 한다는 곳
산 너머로 가는 길 돌각담에 갸웃하는 처녀는 금(錦)이라던 이 같고
내가 들은 마산 객주집의 어린 딸은 난(蘭)이라는 이 같고

_{* 하략, 강조는 필자}

1930년대 중반 백석이 마산과 통영 지방을 여행하고 나서 쓴 시다. 여기서 주목하고 싶은 것이 바로 '집집이 아이만한 피도 안 간 대구'라는 대목이다. 아이만 하다고 했으니 무척 컸다는 것이고, 피도 안 갔다고 했으니 무척 성성하다는 것이고, 집집이 말린다고 했으니 무

164

척 많았다는 것이다. 즉, 크고 싱싱한 대구가 많이 잡혔다는 것인데, 이 대구가 2000년대 초반에는 한 마리에 20~30만 원을 호가할 때가 있었다. 대구가 아니라 금어(金魚)가 되어버린 것이다. 하지만 꾸준한 방류 사업 때문인지 2006년부터 대구가 많이 잡히기 시작해 요즘은 그다지 비싸지 않게 대구를 사먹을 수 있게 되었다.

대구를 낚시로 잡는 방법은 크게 두 가지다. 첫째는 동해에서 하는 낚시로 지깅으로 잡는다. 지깅이란 금속으로 만든 루어의 일종이다. 강원도 연안 지역 항구에서 출발하는 배를 타고 바닥을 끊임없이 탐색하여 낚는 낚시다. 대구는 12월에서 2월까지가 가장 맛있기에 출조도 대개 겨울에 이루어진다.

둘째는 서해 침선낚시이다. 사실 침선낚시가 시작되기 전인 1990년대까지만 해도 서해에 대구가 산다는 사실도 모르고 있었다. 대구는 진해만에서 산란해 해안을 따라 북쪽으로 올라갔다가 4~5년이 지나면 다시 산란하러 진해만으로 돌아온다는 정도만 알고 있었던 것이다. 그런데 2000년대 초에 침선낚시가 활발해지면서 엄청나게 큰 대구도 서해안에서 잡히기 시작했다. 이 대구도 진해만으로 회유하는 것인지는 알 수 없다.

토요일 친구와 둘이서 대구를 목표로 태안 안흥으로 차를 몰았다. 새벽 5시 어둠 속에서 낚시꾼 20명을 태운 배는 안흥항에서 쾌속으로 나아가기 시작했다. 선실에서 푹 자고 나니 오전 8시, 포인트에 도착했다. 물론 포인트가 눈에 보이지는 않는다. 선장의 GPS나 어탐기에만 보일 것이다. 낚시꾼의 눈에는 그저 출렁이는 바다가 사방에 펼쳐져 있는 그야말로 망망대해인 것이다. 해의 방향으로 보아 서쪽으로 온 것은 틀림없지만, 여기가 어디쯤인지 알 수는 없다. 사실 그곳이 어디쯤인지 궁금해 하는 낚시꾼도 없다. 낚시꾼의 관심은 그저 물밑에 고기가 있느냐, 입질을 하느냐에 있다.

선장의 신호에 따라 모두 채비를 내린다. 수심은 약 60m. 바로 옆 사람의 낚싯대에 곧장 신호가 온다. 전동릴의 경쾌한 소리가 들리면서 40cm급 우럭이 한 마리 올라온다. 첫 입수에 고기가 올라온다는 것은 좋은 징조. 하지만 우럭 잡는 요령과 대구 잡는 요령은 다르다. 우럭은 입질이 오면 바로 챔질을 하고 올리는 것이 보통이지만, 대구는 우럭에 비해 입질이 간사하다. 깔짝깔짝하는 예신이 오면 줄을 좀 더 주었다가 본신이 올 때 올려야 하는 것이다. 또 대구는 우럭보다 더 바닥 층에 있어서 채비 손실을 감수해야만 한다. 미끼는 오징어 살을 사용하기도 하고 때에 따라서 오징어 내장을 사용하기도 한다.

오징어 내장에 입질이 빠르다.

다음 입수. 뭔가 미약한 입질이 온다. 고개를 갸우뚱하면서도 채비를 올려본다. 대구다. 아니다. 애구다. 낚시꾼들은 작은 대구를 '애구'라 부르고 작은 광어를 '광애'라고 부른다. 애구라도 대구는 틀림없지만, 노가리만 하다. 방류해야 할 크기지만 살려주어도 수심이 깊은 곳에서 올라오기에 부레에 바람이 들어 살지 못한다. 이럴 때 애구에게 미안하다.

다음 포인트로 이동. 영 소식이 없다. 그리고 보니 아직 수온이 너무 낮다. 바다에서 올라온 봉돌을 만져보니 얼음덩이 같다. 그러면 낚시는 그야말로 '황'일 가능성이 많다. 선장은 또 포인트를 이동한다. 한 20분 이동하고 5분 낚시하고 30분 이동하고 5분 낚시하고. 이것이 대구낚시의 본질이기도 하다. 그러다가 고기가 나오는 침선을 만나면 한 30분 만에 대형 급으로 쿨러를 채운다. 그러나 그것은 출발할 때의 낚시꾼의 꿈일 뿐이다. 몇 년 전 미터급 대구를 시작으로 여러 마리를 잡아, 온 동네 나누어 주었던 때를 반추하면서 멍청히 바다를 바라본다. 이 애구를 잡으려고 온밤 잠을 설치고 200㎞나 운전대를 잡았던가. 흔들리는 배 위에서 하루 종일 차가운 바람과 맞섰던가. 한 송이 국화꽃도 피우지 못하고 결국 애구 한 마리에 우럭 몇 마리로 낚시를 마감한다.

백석이 보았던 그 아이만 한 대구는 다 어디로 갔을까.

도다리낚시

생선마다 맛있는 철이 있다고 한다. 이를테면 봄에는 도다리가, 여름에는 민어와 농어가, 가을에는 전어와 삼치가, 겨울에는 광어가 맛있다고들 한다. 실제 봄이나 여름에 광어를 잡아서 회를 뜨면 맛이 덜하다. 반면 우럭 같은 경우는 가을이 더 맛있기는 하지만 일 년 내내 육질의 차이가 크게 다르지 않다.

유달리 혹독했던 겨울이 가고 봄기운이 천지에 퍼지면서 방송이나 신문 같은 매체들에서 봄 도다리에 관해 제법 이야기한다. 도다리 쑥국, 도다리 미역국이 어쩌고, 봄 도다리는 보약이니 어쩌고 하는 보도들. 겨울이 잔인했기에 더욱 눈에 띄었는지도 모른다. 여하간에 봄 도다리란 말을 들었을 때 그게 구미가 당겼다. 그렇다면 잡으러 가야지.

도다리를 잡는 방법은 크게 두 가지로 나눌 수 있다. 갯바위나 방파제 등에서 던질 채비를 이용하여 원투낚시로 낚는 방법이 첫 번째다. 도다리는 대개 모래와 펄이 섞인 지역에 서식하므로 포인트만 잘

잡으면 밑 걸림 없이 비교적 쉽게 잡을 수 있다. 멀리 던져놓고 살살 채비를 끌어오면서 입질을 받으면 잠시 여유를 주었다가 본신이 오면 채서 감는 것이 도다리 원투낚시의 요령이다. 원투낚시가 대개 그렇 듯이 이 낚시방법은 상당한 인내를 필요로 하고 들물에 잘되기 때문 에 물때를 맞추는 것도 중요하다.

하지만 역시 다수확을 올리는 것은 배낚시다. 원투낚시가 이동이 자유롭지 못한 반면 배낚시는 물때에 맞춰 여러 곳을 집중적으로 공 략하기 때문에 조과 면에서는 원투낚시에 비해 월등하다. 배낚시 하 는 방법도 목포권과 진해권이 서로 다르다. 목포권에서의 배낚시는 김 양식장같이 거의 파도가 없는 조용한 곳을 찾아가서 배를 묶은 다음 초릿대가 부드러운 대 몇을 펴서 던진 후 기다리는 방법을 쓴다. 미끼 는 '홍거시'라는 말로 더 잘 알려진 홍갯지렁이를 사용하는데 좀 비싸 긴 해도 질겨서 손실이 적고 특히 도다리에는 특급 미끼로 알려져 있 다. 20호 정도의 구멍봉돌을 도래 위에 장착하고 아래에 바늘을 달아 던지고 난 뒤 기다리면 된다. 몇 년 전 목포에서 이런 방법으로 제법 많은 도다리를 잡은 적이 있다.

그 당시 손님고기로 '군평선이'라는 고기를 잡았더니 선장이 재미있 는 이야기를 해준 기억이 난다. '군평선이'는 '금풍생이'라고도 하는 흰 살 생선인데 구우면 너무 맛이 있어 남편에게는 아까워서 안 주고 샛 서방에게만 몰래 차려준다 하여 '샛서방고기'라고도 한다는 것이다. '군평선이'의 어원(語源)도 재미있다. 이순신 장군이 관내를 순시하다 가 관기집에서 식사를 하게 되었다. 마침 찬으로 올라온 구운 생선이 너무 맛있어 생선 이름을 물었더니 아무도 몰랐다고 한다. 그러자 이순신 장군이 당시 관기였던 '평선'의 이름을 따 '이제부터는 이 고기를 평선이라 불러라' 하고 명하였고, 그래서 이 물고기가 '평선이'가 되었다는데, 후대에 사람들이 구운 평선이가 더 맛있어 '군평선이'로 불렀다고 한다. 믿어야 할지 말아야 할지. 이순신 장군은 참 바쁘신 분이기는 하다.

도다리를 배낚시로 잡는 두 번째 방법은 우럭낚시와 비슷하다. 일자 채비 양쪽에 갯지렁이를 달고 중앙에 50호 정도의 봉돌을 물리고 바닥 층을 부지런히 고패질하며 탐색하는 방법이다. 도다리란 놈이 호기심이 많아 봉돌로 바닥에 먼지를 일으키면 다가와서 미끼를 먹는다. 우럭 바닥낚시와 동일한 요령이면서 밑 걸림이 거의 없어 매우 쉬운 낚시라 할 수 있다.

토요일 새벽 진해까지 400㎞를 한숨에 내달렸다. 진해시가 창원에 통합되면서 창원시 진해구가 되었지만 진해 앞바다는 여전히 진해만이다. 호수 같은 진해만에 배 이름으로는 좀 독특한 감초호(선장 주현돈)가 우리를 기다리고 있다. 20인승 배에는 부부로, 연인으로 보이는 남녀와 가족 단위의 승객들이 대부분이다. 채비도 자새에서부터 낚싯대까지 다양하다. 선비가 4만 원이니 뱃삯으로는 싸다. 게다가 점심까지 준다고 한다. 그렇다면 이건 관광낚시다. 봄 바다에서 봄 햇살과 풍광을 즐기며 하루를 보내는 거다. 전투적으로 낚시를 할 필요가 없는 생활낚시라는 것을 직감한다.

출항하고 20여 분 나갔을까. 새로 생긴 가덕도와 거제도를 잇는 거가대교가 보이는 곳에서 낚시를 시작한다. 주위를 둘러보니 온통

가자미 회덮밥. 선장의 정성이 놀랍다.

도다리낚시는 손맛보다 입맛이다.

도다리를 잡으려는 낚싯배들로 바다가 소란스러울 정도다. 줄잡아 50~60척 정도의 배가 떠 있다. 이렇게 많은 배가 있으니 봄 도다리 철은 곧 도다리의 수난 시절이기도 하다는 생각이 든다. 배 여기저기서 도다리가 올라오고 함성이 들린다. 깻잎 크기부터 제법 큰 놈까지 다양하게 올라온다. 비록 내 낚싯대에 고기가 물리지 않아도 고기가 올라오면 서로가 축하하고 부러워하면서 환하게들 웃는다. 이들은 그저 몇 마리만 잡고 바다 바람 쐬고 도다리회 맛을 보면 대만족인 것이다. 큰 고기, 수십 마리의 떼 고기를 생각하고 온 나와 친구는 오히려 머쓱해진다. 이럴 때는 마음을 바꿔먹는 것이 최선이다. 그래 하루를 즐기자. 그렇게 마음먹으니 고기가 몇 마리 잡히기 시작한다.

이윽고 점심시간. 선장은 선창에 있는 도다리 수십 마리를 꺼내 정성스럽게 회덮밥과 회를 준비한다. 낚시 오래 다녀봤지만, 이렇게 진수성찬으로 점심을 준비해 주는 낚싯배는 처음 봤다. 조과가 보잘것없었지만, 봄 햇살에 봄 도다리회가 풍성하게 차려져 있으니 눈이 즐겁고 마음이 즐겁다. 모르는 사람들끼리 소주잔을 부딪치며 몇 마디 주고받는다.

'어디서 왔능교?'

'그 먼 데서 도다리 묵을라꼬 왔십니까?'

'봄 도다리 쥑이준다 아입니까, 도다리카마 진해만이 최고지예.'

우리는 서울 대표가 되어 진해만의 봄 도다리 예찬자가 아니 될 수 없었다. 사실 봄 도다리회가 맛있기는 맛있었다. 그렇게 기분 좋게 풍성한 맛을 즐기며 점심을 먹고 다시 낚시, 추가로 몇 마리를 더 낚는다. 그리고 오후 3시경 낚시 마감. '조심해서 올라 가이소'라는 선장의

정겨운 사투리를 뒤로하고 쏜살같이 서울로 내달린다. 봄 도다리 맛
을 봤으니, 이제 무슨 고기 맛을 보러갈까.

잿방어낚시

🐟 어린 날의 소풍이 그랬다. 손꼽아 소풍날을 기다리는 것이다. 소풍 때 싸가지고 가는 것이라야 삶은 밤, 삶은 달걀, 사이다, 김밥 정도가 전부였지만, 소풍 날 하는 것이라야 수건돌리기, 장기자랑, 보물찾기 정도가 전부였지만, 그 설렜던 기억은 아직도 아련하게 남아 있다. 초등학교 고학년이 되면서부터 소풍도 식상해져서 별반 기대하지 않게 되었고, 이후 소풍은 그냥 공부 하루 안 해도 좋은 날 정도의 가벼운 연례행사에 불과하게 되어버렸다.

어른이 된 다음, 그렇게 마음 설레는 일은 없었다. 하지만 낚시를 다니면서부터 다 그런 것은 아니지만 이따금 밤잠을 설치도록 만드는 출조가 있다. 대개 가보지 않은 바다나 강, 새로 도전하는 어종에 직면할 때의 출조가 그렇다. 고기마다 생태가 다르고 같은 어종이라 해도 사는 곳에 따라 잡는 방법도 달라지게 마련이다. 지난 3월 낚시 잡지를 뒤적거리다가 눈이 번쩍 뜨이게 하는 기사를 발견했다. 서귀

9회말 홈런을 날린 현대 HDS의 최철식 상무.

포 일대의 제주 남쪽 바다에서 다금바리낚시가 된다는 것이다.

다금바리! 그것이야말로 꿈의 고기가 아닌가? 지난해 가을 서해에서 참돔 여럿을 잡으면서 다음에는 제주도 다금바리를 꼭 타이라바로 잡아보겠다던 꿈을 꾸지 않았던가. 다금바리는 제주도 특산이어서 육지에서는 구경도 못할 뿐더러 제주도에서도 kg당 20만 원이 넘는 최고급 횟감이 아닌가. 딱 한 번 10여 년 전에 제주도에 놀러갔다가 제주도가 고향인 유명 작가의 배려로 다금바리회를 먹어본 적이 있다. 워낙 여러 명이서 한 마리를 나누어 먹어 그 회 맛이 기억나지도 않는다. 그 유명한 푸아그라와 송로버섯도 유명 호텔에서 딱 한 번 먹어보긴 했지만 워낙 양을 적게 주어서 그 맛이 기억나지 않기는 마찬가지다. 모름지기 기억에 남으려면 좀 많이 그리고 자주 먹어야

180

붉은쏨뱅이도 좋아, 백성목 상무.

하는 법.

다금바리가 워낙 귀하다 보니까 능성어를 다금바리라고 속여 파는 경우도 많은 모양이다. 수입 능성어를 다금바리라고 속아서 먹는 경우가 허다하다는 이야기다. 먹는 사람이 다금바리라고 생각하고 맛있게 먹는다면 그것 역시 뭐 크게 손해 보는 일은 아닐 것이다. 능성어는 제주에서는 구문쟁이라 하는데, 사실 전문가가 아니면 구문쟁이와 다금바리를 구분하기도 힘들다고 한다. 요즘은 대만 같은 곳에서 능성어를 수입하기 때문에 서울 시내 횟집 물칸에서도 종종 능성어를 볼 수 있기도 하고 노량진 수산시장에서도 1kg에 8만 원 정도에 팔기도 한다.

여하간에 그 잡지에서는 다금바리와 붉바리 같은 최고급 어종을 타이라바로 잡은 내용을 소개하고 있었기에 그 선장 연락처를 메모해 두고는 같이 출조할 꾼들을 유혹하기 시작했다. 나의 '다금바리' 말이 끝나기도 전에 나의 고등학교 동기인 유강근 변호사와 오라클의 백성목 상무 그리고 백 상무의 지인인 현대 HDS의 최철식 이사, 이렇게 세 사람이 우선 나의 '말로만' 다금바리 미끼에 유쾌하게 홀딱 넘어갔다. 그리고 그 주 내내 다금바리를 품에 안고서 새로 타이라바를 구입하고 혹 대형 다금바리가 물리면 줄이 터질까봐 새로 합사줄을 바꾸고, 큰 맘 먹고 아부가르시아 릴도 장만하여 만반의 준비를 마쳤다. 나 외의 다른 꾼들도 그랬다. 그들도 그들 나름대로 새로 허리힘이 강한 루어대를 준비하여 출정을 준비했고 우리는 보무도 당당하게 토요일 새벽 첫 비행기에 올랐다.

일행은 제주공항에 도착하여 미풍식당으로 가서 해장국을 한 그릇씩 비우고 서귀포시 바로 옆에 있는 위미항으로 향했다. 가는 내내 최 이사는 우스갯소리로 일행을 즐겁게 한다. 나도 그렇지만 일행 모두 한국 최남단에서의 낚시에 잔뜩 고무되어 있는 것이다. 오전 9시 조금 전, 위미항에 도착하니 사람 좋게 생긴 재니스호 고창익 선장이 대기하고 있었고 우리는 바로 배에 올랐다.

날씨가 너무 좋았다. 바다는 초칠을 해서 반들거리는 장판 같다. 낚시를 하다 보면 일 년에 이런 잔잔한 바다를 만나는 날은 몇 번 되지 않는다. 그래, 오늘은 다금바리를 잡는 거야. 한 15분 이동했을까. 일행은 선장의 신호에 맞추어 채비를 내리고 릴링을 시작한다. 수심은 40m가량. 채비가 바닥을 찍으면 15m쯤 올리고 다시 내리고를 반복한다. 유 변호사가 작은 붉은쏨뱅이 한 마리를 올린다. 붉은쏨뱅이가 올라오면 다른 것도 입질할 징조다.

고 선장은 일행의 낚시 실력을 가늠했는지 낚싯대를 잡고 같이 합세한다. 고 선장의 낚싯대에 제법 씨알 좋은 붉은쏨뱅이가 달려 올라온다. 하지만 예상과는 다르게 시간이 가도 입질이 아주 간간이 드물게 온다. 이게 아닌데 하는 생각에 머리가 복잡해지기 시작한다. 나의 꼬드김에 제주까지 출조했는데, 다들 손맛을 보아야 내가 사기꾼이 되지 않는 것이다. 하지만 바다는 무심하다. 오히려 정오가 되어가니 입질이 더 없다. 입술이 바짝 타 들어가기 시작한다. 채비 색깔을 바꾸고 무게를 달리해 보아도 도통 입질이 없다.

한라산과 서귀포 앞바다의 섶섬, 문섬, 범섬이 나란히 보인다. 마라도처럼 납작하게 생긴 지귀도도 보인다. 낚시가 잘되어도 풍경이 들어오지 않고 반대로 안 돼도 풍경을 감상할 수 없다. 욕심 때문이다. 이 경치 좋은 곳에 와서 낚시가 안 되어 노심초사하고 있는 나 자신을 바라본다. 추하게 느껴진다.

고 선장은 입질이 없으니 농어나 잡아보자고 하며 포인트를 옮기고 난 뒤 지깅낚시로 전환한다. 지깅 장비가 없으니 일행은 타이라바 낚시를 고수한다. 유 변호사가 그래도 루어낚시의 대가답게 붉은쏨뱅이 몇 수 올린다. 이윽고 백 이사의 낚싯대에도 붉은쏨뱅이가 달린다. 나와 최 이사만 꽝을 면치 못하고 있다. 고 선장은 요즘 제주 농어회 맛이 좋다며 한 마리라도 잡으려고 애를 썼지만 그것도 허사다. 점심 때가 되어 고 선장이 김밥과 물칸에 있는 잿방어 한 마리를 내놓는다. 그러면서 '잿방어회 맛 한번 보면 방어나 부시리 같은 것은 못 먹을 거'라고 한다. 붉은쏨뱅이와 잿방어로 회가 한 상 차려졌다. 각 1병

이날 잡은 조과, 잿방어가 눈부시다.

선상 회파티. 회는 입이 미어터지게 먹어야 제 맛.

씩만 하자고 소주 4병을 내 놓았다.

야, 그런데 이게 무슨 맛이냐. 잿방어회 맛은 천상의 맛이었다. 고소하면서도 쫀득하고 수박 향 같은 것이 이빨 틈새로 스며드는 맛. 원래는 가을이 제철이지만, 이른 봄철에도 여전히 맛있다. 잿방어는 방어나 부시리와 같은 종류인데 몸에 잿빛이 강하고 좀 더 열대성에 가까운 어종으로 1.5m까지 자라며 큰 것은 50kg짜리도 있다고 한다. 우리나라에서는 지금까지는 서귀포 일대에서만 잡힌다고 한다. 일행들은 제법 큰 잿방어 한 마리를 마파람에 게 눈 감추듯 먹어치운다. 소주가 들어가니 그제야 기분들이 풀어지며 낚시의 노역에서 벗어나 여유를 부린다. 그리고 마지막 일전(一戰). 그만그만한 쏨뱅이를 몇 마리 잡고 난 뒤 최 이사가 드디어 일을 벌인다. 잿방어 한 마리를 기어코 낚아 올린 것이다. 9회 말 역전 홈런이라고나 할까.

그리고는 끝이다. 고 선장은 다이빙하는 사람들에게서 핸드볼 공 만 한 홍해삼 한 마리를 얻더니 자신의 식당에서 제대로 식사를 하고 가라고 한다. 고 선장의 부인이 올해 처음 채취했다는 고사리와 두릅에다, 쏨뱅이 매운탕에 홍해삼까지 잔뜩 차려 놓았다. 벚꽃 몽우리 밑에서 한라산 소주가 술술 들어간다. 그리고는 대취.

다금바리는 구경도 못했지만 잿방어와 제주의 풍광과 인심으로 일행은 찬란한 하루를 보냈다. 다금바리를 목표로 일행은 또 한 번 뭉칠 것이다.

임연수어낚시

🐟 술자리 같은 데서 낚시 이야기를 하다 보면, 낚시에 솔깃하는 사람들이 꽤 있다. 봄 도다리가 쫄깃쫄깃하고, 잿방어는 수박향이 나고 고등어회는 잡는 즉시 먹어야 한다는 등의 소위 낚시꾼의 경험담을 풀어놓으면, 다음에 갈 때 꼭 데려가 달라고 하는 사람들이 있는 것이다. 그러나 초보자를 데리고 가면 성가시고 번거롭다. 장비도 마련해 주어야 하거니와 채비도 챙겨주어야 하고 심지어 미끼까지 끼워 주어야 한다.

낚시란 게 겉보기에는 한가한 것 같지만 사실은 대단히 바쁘다. 고기가 잘 잡힐 때야 미끼 갈고 던지고 감고 내리고 올리고 하기 때문에 바쁘겠지만, 안 잡힐 때도 바쁘기는 마찬가지다. 안 잡히는 이유를 분석하여 채비를 다르게 해본다거나 미끼를 달리 쓴다거나 해서 육체적으로도 분주하며, 아무것도 하지 않는다고 해도 갖가지 고기 잡을 방법을 짜내느라 머리는 속에서 팽팽 돌아가고 있게 마련이다. 그런

다섯거리를 올린 낚시꾼, 의기양양하게.

참가자미와 어구가자미.

먹음직스러운 가자미 회국수.

먹자 먹어. 가자미 회국수.

데 옆에 초보까지 있으면 여러 가지로 방해를 받아 그날 낚시는 반은 접고 시작하는 것과 마찬가지일 때가 많다.

어렵게 함께 모시고 간 초보자는 대개 두 가지 부류로 나눌 수 있다. 몇 번 해보다 안 잡히면 '에이 재미 없네' 하고 포기하면서 먹거나 잠자거나 하는 사람. 이 사람들은 이 한 번이 낚시의 시작이자 마지막이 될 가능성이 많다. 이들에게 낚시란 고기를 잡는 것이라는 생각이 너무나 강하기 때문에, 못 잡을 것을 생각지도 않다가 조금 해보고 안 잡히면 바로 체념해버리는 것이다. 반면 초보이지만 잡히지 않더라도 잡힐 때까지 인내심 있게 낚시에 몰두하는 사람은 낚시꾼으로 발전할 소지가 많다. 인생의 다른 모든 면이 그렇듯이 성공할 수도 있고 실패할 수도 있는 것이 바로 낚시의 본질이며, 그 단계를 지나야 비로소 낚시꾼이 된다. 그렇다고 해서 고기가 안 낚여도 즐겁다는 것은 절대로 아니다. 그런 낚시꾼은 없다.

인생의 신산함을 어느 정도 알 나이가 지났고, 낚시도 초보의 틀을 벗어나 약간은 전문성을 띤 4명의 낚시꾼이 토요일 아침 동해로 차를 몰았다. 사리를 막 벗어난 물때인 아홉 물이고 서해는 파도가 높아 동해로 눈을 돌린 것이다. 강동구에서 만나 춘천으로 가는 고속도로로 들어서니 막 해가 뜬다. 기분 좋게 달려 속초에 도착한 것이 아침 8시 정도. 곰치국으로 유명한 옥미식당으로 가서 곰치국 한 그릇씩 마신다. 곰치국은 '먹는다'라기보다는 '마신다'라고 해야 제격이다. 곰치의 육질이 흐물흐물해서 그렇다. 과거 곰치는 아주 싼 생선이었고, 곰치국도 동해안 지방의 토속 음식이었는데 이제 유명세를 타

큼직한 이면수를 올린 현대 HDS의 윤용춘 상무.

서 곰치가 매우 값비싼 귀족 생선이 되어버렸다. 2만 원 하는 곰치국 한 그릇을 비우고 일행은 북으로 달려 공현진항에 도착했다.

오늘의 어종? 원래는 조금 씨알이 굵어졌다는 참가자미가 목표였다. 물가자미처럼 다수확은 아니더라도 배 쪽에 노란색 테를 두르고 있는 참가자미는 마릿수로 잡히는 녀석이고 손맛은 크지 않아도 먹는 맛은 일품이다. 뼈회, 물회, 회무침, 구이 모두 환영받는 음식들이다. 그런데 삼해호 선장이 갑자기 목표를 바꾼다. 이면수가 붙었으니 이면수 낚시를 하게 열기 채비를 준비하라는 것이었다.

이면수는 표준어로는 임연수어이고, 강원도 사투리로는 '새치'라고 한다. 실학자 서유구의 『난호어목지』에 따르면 함경도에 살았던 임연

190

대구를 올린 현대 HDS의 최철식 상무.

수(林延壽)라는 사람이 이 고기를 잘 낚았다고 하여 그의 이름을 따서 임연수어(林延壽魚)라 적고, 한글로 '임연슈어'라고 하였다고 한다. 또 다른 이야기로는 충청도에 이면수라는 부자가 살았는데, 이 사람이 이 생선을 워낙 좋아해 이 생선을 사먹다가 가산을 탕진해 그 생선 이름을 '이면수'라 했다고 한다. 국어학적으로 본다면 '임연수'에서 연음이 되면 '이면수'가 되기에 '임연수'와 '이면수'는 같은 이원일 공산이 크다.

'임연수'인지 '이면수'인지는, 잡아서 물어보면 된다고 일행 중의 누군가가 말한다. 한 30분쯤 난바다로 배가 달린다. 너울파도가 상당해 뱃전에서 몸 가누기도 힘들다. 동해바다는 멀리서 보면 파도가 없는 것 같은데 실제 바다로 나가 보면 너울파도로 인해 낚시하기 힘든 경우가 많다. 동풍이 부는 날은 특히 더 그런데 마침 동풍이 분다. 하지만 서해나 남해의 동풍은 낚시의 적이지만 동해는 꼭 그렇지는 않다. 동풍이 불어도 조과가 그리 나쁘지 않을 때도 있는 것이다.

일행 중 제일 먼저 현대HDS의 윤용춘 상무가 큼지막한 임연수어 한 마리를 올린다. 조금 있다가 최철식 상무가 중짜 크기의 대구를 한 마리 올린다. 나에게는 입질도 없다. 배 뒤편에서 대형 대구도 한 마리 올라온다. 나에게는 입질이 왔다 하면 손바닥만 한 참가자미다. 먹는 재미로야 참가자미가 임연수어보다는 윗길이다. 임연수어는 살아 있을 때 바로 회를 치지 않으면 안 먹는 게 좋다고 선장이 귀띔한다. 회가 무르다는 이야기다. 구이나 조림 정도, 아니면 껍질로 쌈밥을 해먹으면 일품이라고는 한다. 무엇이든 잡자. 이런 생각으로 계속 낚시를 하는데, 바다 바닥이 모래에서 자갈 혹은 여로 접어드는 느낌이 봉돌을 통해 감지되는 순간, 뭔가 강한 입질이 왔다.

본능적으로 낚싯대를 쳐든다. 그러고도 뭔가 강한 입질이 계속된다. 여러 마리가 달리는 것은 아닐까 하는 생각이 든다. 바늘을 다섯개 달아 놓았으니 그럴 수도 있다. 수심은 100m 정도. 경질의 우럭대가 심하게 요동을 친다. 결국 올라온 것은 1타 5피다. 열기 두 마리와 임연수어 3마리. 임연수어의 손맛은 놀래미와 아주 유사했다. 하기야 임연수어는 분류학적으로 보면 쏨뱅이목 쥐놀래미과이니 그럴 만도 하다. 대신 임연수어는 군집성이 강하고 한류를 좋아하는 어종이다. 우리나라에서는 강릉 이북 지역에서 잘 잡힌다. 늦은 가을이나 초겨울에는 방파제에서도 곧잘 낚이는 어종이지만 이맘때가 되면 배낚시로 단체로 포획된다. 이어 오라클의 백성목 상무도 1타 5피를 날린다.

임연수어는 그만. 이제 횟감을 잡아야 하니 참가자미 포인트로 이동한다. 쏠쏠하게 참가자미를 잡고 오후 2시가 지나면서 입항을 서두른다. 사람 좋은 선장님은 참가자미회를 썰어 비빔국수를 만들어 준다. 꿀맛이다. 시장하지 않았어도 그랬을 것이다. 낚시꾼들은 오늘의 낚시 경험을 바탕으로 임연수어낚시에 대한 결론을 내린다.

'임연수어 배낚시는 다섯 바늘 서해안 침선채비로 미꾸라지 미끼를 쓰면, 쿨러 채우는 것은 시간문제다.'

꺽지낚시

♟ TV를 보다 보면 맛집 소개 프로그램이 눈에 많이 띈다. 이런 음식, 저런 요리가 맛깔스럽게 포장되어 시청자들의 눈을 현혹하는 것이다. 어느 날, 우연히 본 프로그램도 그랬다. 한정식 식단이었는데, 40여 가지의 반찬도 맛있게 보였지만 그보다 더 구미가 당겼던 것은, 먹다 남은 반찬을 준비해 놓은 도시락에 포장해 가도록 하는 식당의 배려 때문이었다. 반찬 가짓수가 많은 한정식을 먹으면 늘 남기는 음식이 더 많은 게 찜찜해서 그랬을 것이다.

같이 TV를 보던 아내도 저 집 괜찮겠다며 은근히 결단을 촉구한다. 주말이면 낚시를 가는지라 한 번쯤은 팬서비스 차원에서, 이번 주말에는 가자고 약속한다. 받아놓은 날짜는 빨리 온다고 어김없이 주말이 찾아오고 약속대로 점심시간에 맞추어 느지막이 속리산 법주사를 향해 차를 몬다.

법주사 앞에 있는 식당의 2인분에 5만 원 하는 정찬(正餐)은 그런

대로 괜찮았다. 전라도 음식처럼 화려하지는 않았지만, 강원도와 전라도의 음식 중간쯤 되는 딱 그런 맛이었다. 하기야 장소가 충북이니만큼 그런 맛이 나오는 것은 당연한 이치이기도 하다.

포만감을 즐기며 법주사 경내를 산책한다. 속리산의 산세를 배경으로 초여름의 신록에 쌓인 고찰은 장엄하고 아름답다고 생각하면서도 눈길은 자주 절 앞을 가로질러 흐르는 시냇물에 가 닿는다. 무엄하게도 낚시꾼은 절집에 가서 시냇물 속의 고기를 생각하는 것이다. 차가 막히니까 일찍 올라가자는 핑계를 대면서 바로 고속도로로 향하지 않고 물길을 따라 괴산 쪽으로 차를 몬다. 속리산의 동쪽 측면을 스치면서 달천의 흐름을 따라가는 구간의 37번 국도 풍경은 대단히 아름다웠다. 그리하여 잠시 차가 머문 곳은 달천의 상류 지점인 화양계곡 입구에 있는 교량 부근. 차를 내려 아래를 보니 물 흐름이 꺽지가 서식하기 좋은 환경이다.

짐칸에 실려 있는 루어대를 꺼내 스피너(회전판이 달려 있는 금속으로 만든 인조 미끼 중의 하나인데, 일명 '꺽지 킬러')를 주섬주섬 단다. 그럴 줄 알았다는 듯이 아내는 무심하게 쳐다본다. 낚시꾼의 아내로 살아온 연륜이 손오공을 보는 삼장법사의 눈을 가지게 한 것이다.

생각대로 여울에서 던진 두 번째 케스팅 만에 덜컥 무엇이 걸린다. 꺽지 특유의 앙탈을 부리는 손맛이다. 제법 큰 꺽지. 체색이 바닥을 닮아 검은 편이다. 아마도 보호색이리라. 그 후 여러 번 탐색해 보았지만 그것으로 끝이다. 방생.

돌아오는 길에서 루어낚시 애호가인 친구 유 변호사에게 전화를

홍천강에서 꺽지를 들고 포즈를 취하는 유강근 변호사.

건다. 달천에서 한 마리 잡았는데 어쩌구 하니까 다음주 토요일 홍천강으로 가잔다. 자기가 잘 아는 포인트에 가면 100마리는 잡는다고 큰소리친다. 그러면서 금요일 밤에 가서 쏘가리낚시를 하다가 다음 날 꺽지낚시를 하면 어떻겠냐고 한술 떠 뜬다. 나는 단호히 거절하고 아침에 홍천강에서 만나자고 한다. 밤 쏘가리낚시는 고생이 이만저만이 아님을 알기 때문이다.

그 다음주 새벽 다섯 시 나는 정확하게 홍천강 중류인 노일리에 있는 다리에 도착했다. 주차된 차에서 그는 자고 있었다. 깨워서 물어보았더니 쏘가리는 꽝이라고 했다. 그러면서 꺽지도 안 나올 것 같은데, 라며 입맛을 다시는 게 아닌가. 아닌 게 아니라 강물을 보니 홍천

196

강답지 않게 수량이 줄어 물 흐름이 거의 없다. 남쪽
에서는 장마가 시작되었다지만, 강원도 쪽은 가뭄
인 것이다.

　꺽지는 우리나라 특산종이며 농어목
꺽지과의 민물고기다. 2급수 이상
의 맑은 물에 사는데 크기는 보통
20cm 이하다. 습성은 물 흐름이
있는 여울이나 큰 돌이 많은 조
금 깊은 곳 등에 산다. 낮에 주
로 활동하는 물고기로 크기
에 비해 힘이 좋고 포식
성으로 농어목이라 하
지만 잡아보면 바닷물
고기 중에는 쏨뱅이와 많이 닮았다.

충주 달천의 꺽지. 체색이 검다.

강계에 따라 체색이나 서식 지역이 조금씩 다르다. 대개는 루어로 낚
아내지만, 물이 좀 흐릴 때는 짧은 대낚시로 지렁이 등을 꿰어 바다낚
시의 구멍치기처럼 하면 의외로 좋은 조과를 올릴 수도 있다. 특히 비
가 한 50㎜ 정도 내리고 난 뒤 물이 맑아지기 시작하는 무렵에는 루
어낚시로 다수확을 보장받을 수 있다. 수도권에서는 홍천강, 한탄강,
달천, 소양강, 동강, 남한강 상류 등 주로 쏘가리와 견지 포인트 주변
에서 낚시할 수 있다.

　꺽지는 민물고기 중에서는 최상급의 맛을 자랑한다. 맛이야 사람
의 기호에 따라 또 요리하는 방법에 따라 달라지게 마련이지만, 꺽지

소금구이나 매운탕은 여느 바다 생선 못지않다.

유 변호사와 나는 본격적으로 채비를 하고 손실을 대비해 비싼 스피너 대신 가벼운 웜을 준비해 산길을 헤치기 시작한다. 왜 낚시를 하는데 산을 타냐고? 쏘가리낚시나 꺽지낚시의 어려운 점이 바로 이러한 험로(險路) 이동 때문이다. 포인트가 물 깊은 쪽에 형성되기에 수심 깊은 물로는 갈 수가 없어 반대편 산길을 택하는 것이다. 그렇지 않다 하더라도 계류 루어낚시는 포인트를 찾아 계속 이동해야 한다. 어지간한 등산보다 체력 소모가 심하여 그야말로 스포츠 피싱이라 할 만하다.

20여 분을 걸어 물 흐름이 형성된 계류 지점에 도착했다. 여기서 잡지 못하면 꺽지낚시는 포기해야 할 것이라는 유 변호사의 말씀. 야, 그러면 지난주에 그렇게 말하지, 그랬다면 날씨도 좋고 조금 물때인데 우럭이나 잡으러 갔지, 하려다가 참는다. 오늘 날씨가 좋을지는 그리고 일주일 내내 비가 안 오리라는 것은 저번 주에는 알 수가 없는 일이었다. 무엇보다 나의 감언이설에 속아 함께 바다낚시를 갔다가 파도에 고생하고 몰황에 실망한 적이 훨씬 더 많았음에도 불구하고, 그는 앞으로도 나의 감언이설에 또 속아 줄 것이기에.

포인트에 도착해 우리는 열심히 캐스팅을 한다. 이곳저곳 여울과 물이 숨을 죽이는 곳, 돌무더기 주변, 큰 바위 아래……. 그리고 마침내 유 변호사의 외침이 들린다. 잡았다! 그리고 나도 한 마리 잡았다. 귀여운 꺽지 녀석. 하지만 우리는 안다. 이렇게 잡아봐야 꺽지낚시는 헛것이라는 것을. 최소 20~30마리는 잡아야 한 매운탕 감이 되는데 그렇게 잡으려면 최소 이틀은 잡아야 한다는 것을.

두어 시간 탐색을 하고 잡은 꺽지 네 마리를 방생하고, 우리는 강가에 주저앉아 맛있게 담배를 한 대씩 핀다. 맞은편 청산(靑山)과 앞의 녹수(綠水)를 바라보며. 약간은 허탈하게.

갑오징어낚시

♦ 어렵지만 가치 있는 길을 택할 것인가, 쉽지만 가치가 덜한 길을 택할 것인가. '사느냐 죽느냐, 그것이 문제로다'와 같은 햄릿의 거창한 고민은 아니고, 서해안으로 갑오징어를 잡으러 가느냐, 남해안으로 화살촉오징어를 잡으러 가느냐 하는 문제였다.

화살촉오징어는 일반적으로 흔히 보는 오징어를 말하는 것으로 5월 말부터 진해와 통영, 거제 앞바다 등에서 낚시로 많이 잡힌다. 야간에 하는 낚시로 배의 집어등 불빛을 보고 달려드는 오징어를 주로 에기(인조 미끼로 새우와 비슷하게 생겼다)로 잡아내는 비교적 쉬운 낚시다. 다 믿을 수는 없지만 인터넷에 올라오는 조황정보를 보면, 숙련된 사람은 하룻밤에 100마리는 거뜬히 잡아낸다는 것이었다. 야간에 뱃전으로 연신 올라오는 오징어에 환호하는 낚시꾼들의 소란스러움과 그 왁자지껄한 분위기 속에서의 선상 오징어회 혹은 숙회 파티는 입맛을 다지게 하였지만, 갑오징어의 희소가치 때문에 친구와 나

는 서해안을 택했다.

갑오징어는 대개 가을철에 잡는다. 안면도 영목항이나 충남의 오천항과 보령항이나 홍원항 혹은 군산이나 새만금방조제에 있는 몇몇 항구에서 출항하여 잡아내는 것인데, 이때 주꾸미도 같이 잡아낸다. 펄이 많은 곳에서는 주꾸미가 우세하고 잔돌이니 약간의 여가 형성된 곳에서는 갑오징어가 우세하게 잡힌다. 가을의 갑오징어는 마릿수는 좋지만 씨알이 잘고, 봄에서 여름으로 넘어가는 길목인 5, 6월에 서해안에서 잡히는 갑오징어는 씨알이 좋다. 큰 것은 1kg에 육박하는 것도 있다.

갑오징어 선상 숙회 파티. 사진은 가을에 찍은 것이다.

친구 백 상무와 나는 토요일 새벽 새만금방조제를 향해 차를 몬다. 내가 오징어와 갑오징어 사이에서 고민하고 있을 때 단호하게 갑오징어를 택한 것은 사실 친구였다. 맛에서 갑오징어와 오징어는 비교할 수 없다, 그리고 오징어야 좀 지나면 횟집 수족관에서도 얼마든지 볼 수 있고 비교적 저렴한 가격에 얼마든지 먹을 수 있지만, 산 갑오징어회 맛은 선상에서밖에 먹을 수 없지 않느냐는 것이 친구의 선택 이유였다. 당연 지당한 말씀이다. 갑오징어가 잡혀만 준다면.

서해안고속국도 동군산 톨게이트를 빠져나와 새만금방조제 입구에 있는 낚시가게에 들러 채비를 준비하고 야미도 선착장으로 향한다. 야미도는 원래 섬이었지만, 새만금방조제 공사가 끝난 뒤 육지처럼 되어 차를 몰고 갈 수 있게 되었다. 오전 6시경 14명을 태운 금강산호는 매끄럽게 항구를 빠져나간다. 바다가 호수같이 잔잔하다. 배는 20여 분 만에 신시도를 지나 무녀도 인근에 다다른다. 채비를 내린다. 에기 하나에 20호 봉돌을 단 채비다. 수심은 5~6m밖에 되지 않는다.

가을 갑오징어는 활성도가 좋아 아래는 봉돌 대신 옥동자라고 하는 주꾸미 바늘을 달고 위에 에기를 두 개 달지만 봄 갑오징어는 입질이 예민해 하나만 달고 긴장을 해야만 낚을 수 있다고 선장은 설명한다. 하지만 배 어느 곳에서도 입질 소식이 없다. 선장이 여러 곳의 포인트를 찾아 헤맨다. 섬 숲속에서 지저귀는 새소리가 평화롭다. 어느덧 시간은 9시가 가깝다. 두어 시간 동안 아무도 입질을 받지 못한 것이다. 배는 고군산군도 일대의 포인트를 샅샅이 찾아 헤맨다. 무녀도, 선유도, 장자도 등을 유람하는 듯하다. 이 세 섬들은 다리로 연결되어 있고, 신시도에서 무녀도에 이르는 다리 공사를 하고 있으니 좀 있으면 선유도를 비롯한 고군산군도 주요 섬도 육지로 연결될 것이다.

선유도는 서해를 대표하는 아름다운 섬이다. 섬의 봉우리들이 순하면서도 아기자기하게 끊어질 듯하면서도 이어지고 있다. 이 선유도가 바로 시인 황동규의 유명한 연작시 「풍장」을 탄생하게 한 바로 그 섬이다.

내 세상 뜨면 풍장시켜 다오.

섭섭하지 않게

옷은 입은 채로 전자시계는 가는 채로

손목에 달아놓고

아주 춥지는 않게

가죽가방에 넣어 전세 택시에 싣고

군산(群山)에 가서

검색이 심하면

곰소쯤에 가서

통통배에 옮겨 실어다오.

가방 속에서 다리 오그리고

그러나 편안히 누워 있다가

선유도 지나 통통 소리 지나

배가 육지에 허리 대는 기척에

잠시 정신을 잃고

—「풍장 1」에서

갑오징어의 이쁜 모습.

내가 잡았어요. 갑오징어는 잡힐 때는 쉽게 잡힌다.

이렇게 시작된 황동규의 「풍장」 연작은 1980년대 중반 시작하여 20여 년에 걸쳐 70여 편을 끝으로 1990년대 중반 완성되었다. 황동규 시인은 군산에서 통통배를 타고 4시간 만에 선유도에 도착해서 섬 구경을 하고 당시 풍장(우리나라 서, 남해안의 도서지방에서 행해지던 장례의 일종. 망자의 시신을 바로 묻지 않고 바람에 육탈한 다음 매장한다)의 풍습을 보고 이 시 연작에 착수했다고 한다. 그러니 선유도는 바로 우리 문학사의 현장이 되는 곳이기도 하다.

그 선유도에서 나와 친구는 갑오징어낚시를 하는데…… 도통 입질이 없다. 황동규 시인이 '거봐!' 하는 것 같다. 그런 상념에 잠기는 순간, 뭔가 조용히 나의 채비에 무게를 더하는 녀석이 있었다. 순간적으로 크게 챔질을 하고 최대한 천천히 끌어 올린다. 갑오징어다. 진한 먹물을 찍하고 쏘아 바다에 자신의 마지막 존재 증명을 마치고 순순히 뱃전으로 끌려 올라온다. 세 시간 만에 배에서 처음 올라오는 갑오징어다. 이어서 배 여기저기서 간간이 갑오징어가 올라온다. 11시까지 친구와 나의 조과는 각각 한 마리. 미련 없이 회를 치자는 데 합의한다. 친절한 선장님이 회를 친다. 선유도를 배경으로 파도소리와 섬의 새소리를 조연으로 그리고 갑오징어회를 주연으로 하여 조촐한 선상파티를 벌인다. 두꺼운 갑오징어의 육질, 씹히는 맛이 일품이다. 이런 맛과 풍광에 망자(亡者)가 미련이 남아 있을까 하여 풍장을 한 것이 아닐까.

오후 점심 먹고 우리는 각각 한 마리씩 잡았다. 집에 와서 저울에 달아보니 400g 정도 나가는 갑오징어였다. 그 한 마리를 다시 회를 쳐 아껴 먹으면서, 남해로 갔더라면 푸짐했을 걸, 하며 미국의 시인

로버트 프로스트의 시 「가지 않은 길(The Road not Taken)」을 생각
한다. 그것을 좀 패러디하면 이렇게 된다.

남해와 서해로 길이 두 갈래 났었습니다.

나는 두 길을 다 가지 못하는 것을 안타깝게 생각하면서

오랫동안 인터넷을 뒤지고 친구와 상의까지 하면서

바라다볼 수 있는 데까지 멀리 바라다보았습니다.

그리고 똑같이 아름다운 다른 길을 택했습니다.

그 길에는 맛 좋은 갑오징어가 살고 있어

아마 더 노력해야 될 길이라고 생각했던 게지요.

그 길을 걸으므로, 그 길도 거의 같아질 것이지만.

그날 두 길에는

배가 다닌 자취는 없었습니다.

아, 나는 다음날을 위하여 한 길은 남겨 두었습니다.

길은 길에 연하여 끝없으므로

내가 다시 돌아올 것을 의심하면서……

훗날에 훗날에 나는 어디선가

한숨을 쉬며 이야기할 것입니다.

바다로 두 갈래 길이 있었다고,

나는 사람이 적게 간 길을 택하였다고

그리고 그것 때문에 결국 두 마리밖에 못 잡았다고.

생활낚시

🐟 태풍이 지나가고 장마전선이 오락가락하면서 한반도에 물난리가 났다. 이럴 때 낚시꾼들의 몸은 근질근질하면서도 마땅히 갈 곳이 없다. 민물낚시는 아예 불가능하다시피하고 그나마 바다 쪽으로 눈길을 돌려본다. 다행히 육지 가까운 곳으로 출조하는 '생활낚시'들이 있다.

생활낚시란 낚시꾼들에게만 통용되는 용어로 가족이나 직장 동료나 친구들과 가볍게 즐기면서 하루를 야유회처럼 보내는 낚시를 말한다. 고기가 잘 잡히면 좋고 못 잡혀도 바다 풍광을 즐기면서 즐겁게 놀다오는 낚시를 말하는 것이다. 강원도 지역의 가자미낚시, 남해 서부와 동해 남부의 보리멸낚시, 같은 지역의 고등어낚시, 목포와 진해만의 갈치낚시나 도다리낚시, 진해 통영권의 오징어낚시 같은 것들이 대표적이다. 그리고 수도권 생활낚시의 대표 주자가 바로 인천 남항부두에서 출발하는 대형 낚싯배를 이용하는 우럭낚시이다.

우중에도 열심히.

인천 남항부두에는 40인 이상 승선할 수 있는 대형 철선 낚싯배가 여러 척 있다. 이들 낚싯배의 특징은 배가 크다 보니 멀미가 적고, 대개 배에 있는 아주머니들이 서비스 정신으로 무장해서 손님들의 편의를 최대한 봐준다는 것이다. 배의 크기에 따라 다르지만 선장을 제외하고 대개 2명에서 4명 정도의 기관장과 아주머니들이 밥도 해주고 회도 떠 주고 얽인 줄도 풀어준다. 선장 혹은 기관장은 초보자들에게 낚시 기술을 가르쳐 주기도 한다. 우럭 배낚시를 시작하는 많은 사람들이 사실은 이렇게 친목 모임이나 회사 야유회에 우연히 따라 왔다가 그 매력에 빠져 선상낚시꾼이 되는 경우가 많다.

나도 본격적으로 바다낚시를 시작한 것이 남항부두에서 우럭배를 타면서부터였다. 처음 탄 배에서 초짜인 나는 꽤 여러 마리의 우럭을 잡았고, 다행히 멀미를 거의 하지 않는 체질이라 서서히 선상낚시에 빠져 들어갔던 것이다.

현대 HDS의 윤용춘, 최철식 상무, 오라클의 백성목 상무 그리고 나, 이 네 사람은 장마철이니 야유회 낚시나 가자고, 토요일 나가는 49인승 해동스타호(선장 이종익)를 예약했었다. 그런데 금요일 밤 폭우가 쏟아지는 것이 아닌가. 이 폭우 속에 낚시를 할 수 있을까 하면서도 장마전선이 아침 이후에는 남쪽으로 내려간다는 기상청 예보를 우리는 믿기로 했다. 예보가 틀리면 비를 맞기로 가오했다는 뜻이기도 하다. 안 믿고 출조를 포기했다가 날씨가 좋아져 토요일 오후에 후회로 통탄하는 것보다는 나을 것이기 때문이다.

새벽 배에 오르니 선실이 널찍해 40여 명이 누울 수 있는 공간이 있었다. 선창 밖으로는 빗방울의 기세가 대단했지만, 잠을 청했다. 두

이날 1등한 윤 상무.

어 시간 잤을까, 일어나 밖으로 나가보니 빗방울은 약해졌고 배는 선재도와 영흥도를 잇는 영흥대교 아래를 지나가고 있었다. 한 30분 더 나가니 낚시 준비를 하라는 방송이 나왔다. 안개가 조금 있어 시야가 좋지 않았으나 어림잡아 풍도 부근 해상인 것 같았다. 생활낚시답게 배 후미에는 직장에서 단체로 야유회 온 팀들이 왁자지껄하게 술판을 벌이고 있다. 부부 팀도 여럿 있고 자녀를 데리고 온 팀도 보인다. 그들에게는 바다에 배를 타고 나왔다는 자체가 이미 신기하고 즐거운 것이다. 낚시는 덤으로 주어지는 것이고.

낚시가 시작된다. 수심은 20m 정도. 시작하자마자 배 후미에서 함성이 들린다. 고기 한 마리를 누가 낚은 모양이다. 박수 소리가 나고,

212

장마철에 잠깐 햇살이 들었다. 광어가 상당히 크다.

배에 있는 아주머니는 고기를 낚은 사람에게 달려간다. 기념사진을 찍어주기 위해서다. 고기를 잡은 사람은 그 순간만큼은 올림픽에서 금메달을 탄 선수가 부럽지 않다. 배가 크다 보니 여기저기서 함성이 올라온다. 내 옆자리에서도 최철식 상무가 먼저 우럭 한 마리를 올린다. 작은 크기지만 인천권에서는 만족해야 할 크기다. 나도 놀래미 한 마리를 올린다. 우리는 합이 다섯 마리가 되면 무조건 회 쳐서 한 잔 하기로 한다. 윤용춘 상무와 백성목 상무의 합세로 다섯 마리가 되어 회를 쳐달라고 한다. 그 사이 나도 우럭 한 마리를 더 잡아 회에 보탠다. 간간이 내리던 비는 멈추고 날씨가 좋아진다.

　우리는 야유회 낚시답게 게임을 하기로 한다. 광어 4점, 우럭 2점,

우럭도 잡히고.

놀래미 1점. 이렇게 합산해서 꼴찌는 4만 원, 3등은 3만 원, 2등은 2만 원, 1등은 1만 원. 이렇게 모은 돈은 다음 출조비에 보태기로 했다.

회에 소주 한 잔을 하면서 주위를 돌아보니 여기저기 술판이 벌어져 있다. 고기가 잡히는 대로 바로 회를 치는 것이고, 먹는 사람 잡는 사람 따로 있기도 하다. 아마도 잡는 사람이 그랬을 것이다, 이번 주말에는 선상낚시를 가자고, 바다 경치 구경하고 자연산 회 실컷 먹고 오자고. 그 꼬드김에 따라오는 사람은 정말 실컷 먹을 수 있느냐고 물었을 것이다. 그래서 그들은 지금 그 약속대로 몇 사람은 열심히 잡고 몇 사람은 열심히 먹고 마시고 있다. 그들은 그 약속을 실천하기에 모두 행복할 것이다.

생활낚시는 역시 먹는 맛.

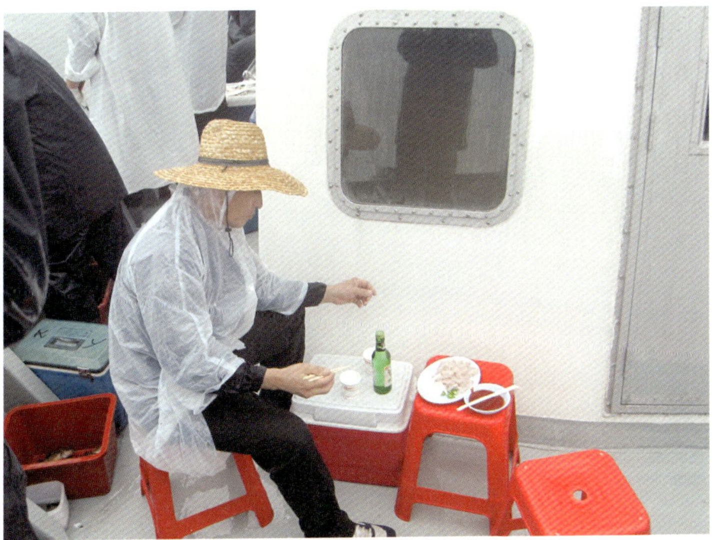

너는 잡아라, 나는 먹는다.

회를 먹고 다시 낚시를 시작한다. 백상무가 제법 큰 광어 한 마리를 올린다. 그 광어도 바로 회를 친다. 배의 아주머니들은 밥을 짓고 손님들이(낚시꾼이 아니라) 회를 치고 남은 서더리로 매운탕을 끓여 근사한 점심식사를 내온다.

점심을 먹고 낚시를 계속한다. 윤 상무가 연이어 광어를 올린다. 그런데 이게 웬일인가? 철수 시간인 3시까지 가장 낚시 경력이 화려한 내가 꼴찌다. 내가 잡은 것이라고는 우럭 3마리에 놀래미 두 마리. 점수로는 7점. 윤 상무는 20점이 넘는다. 3시가 되자 선장은 10분 후에 철수하겠다는 방송을 한다. 그때다. 나의 낚싯대에 강력한 입질이 온 것은. 릴링을 하면서도 광어라는 것을 직감한다. 어종마다 힘쓰는 형태가 다른 것이다. 올리니 50cm 정도 되는 광어다. 9회 말에 2루타 정도는 친 것이지만 역전은 불가능했다. 결국 꼴찌 한 내가 4만 원을 냈다.

장마철의 한 토요일은, 오후부터 잠시 화창해진 날씨의 덕을 받아, 그렇게 즐겁게 지나갔다.

광어 루어낚시

🐟 패션에도 유행이 있지만 낚시에도 유행이 있다. 최근 낚시계의 유행이라면 단연 루어낚시다. 배스낚시가 본격화되면서 민물 루어낚시가 인기를 끈 것은 오래되었다. 전통적으로 쏘가리나 꺽지낚시에는 루어를 사용했다. 하지만 민물 루어낚시에는 한계가 있다. 배스를 식용으로 도입하였지만, 배스를 식용으로 즐기는 꾼들은 별로 없고, 쏘가리는 자원이 한계가 있어 많은 꾼들이 즐기기에는 부족함이 많은 것이다. 때문에 언제부터인가 루어꾼들은 바다로 눈을 돌리기 시작했다.

처음에는 방파제나 바위가 많은 태안 등지의 연안에서 꺽지낚시를 하는 식으로 작은 웜(벌레 모양의 루어)으로 우럭이나 광어 등을 낚아내기도 했다. 이 역시 처음에는 인기를 끌었지만 꾼들의 손맛을 충족시키기에는 한계가 있었다. 씨알이 작기도 하고 워낙 험한 연안 지형을 이동해야 했기에 암벽타기를 각오한 꾼들만이 제대로 연안 루어

라팔라 필드스텝 유지영 프로.

낚시를 즐길 수 있었던 것이다. 그래서 나타난 낚시가 보트 루어낚시였다. 작은 보트에서 지그헤드(바늘과 봉돌이 같이 있는 채비)에 웜을 달고 던져서 낚는 방법인데 이 역시 깊은 수심층을 노리기에는 한계가 있었다.

가장 대중적인 인기 낚시인 우럭 선상낚시처럼, 조과도 보장받으면서도 루어로 낚시한다면, 하는 생각이 루어꾼들 사이에서 퍼져나가기 시작했다. 기존의 오징어나 미꾸라지를 미끼로 사용하는 생미끼낚시를 하면 될 것을 왜 루어낚시를 고집하느냐고? 그 이유는 여러 가지가 있다.

첫째, 손맛이다. 가벼운 루어대를 사용하고 줄도 1호에서 2호 정도의 가는 것을 사용하니 같은 크기의 고기가 물려도 훨씬 큰 손맛을 느낄 수가 있는 것이다. 둘째, 생미끼에 대한 혐오감 때문이다. 오래된 꾼들은 그렇지 않지만 초보자나 여성인 경우 갯지렁이, 미꾸라지 등의 생미끼를 만지기도 싫어한다. 그 꿰는 방법도 까다로워 여간 성가신 것이 아니었다. 루어의 경우 거부감이 거의 없어 누구나 쉽게 미끼를 다룰 수가 있는 것이다. 셋째는 낚시 산업과 관련 있다. 루어는 미끼 자체가 공산품이다. 공장에서 생산하여 유통되는 제품이기에 그것에 대한 홍보와 판매 전략은 갯지렁이나 미꾸라지와는 전혀 다른 차원에서 전개된다. 낚시 용품의 글로벌화라면 좀 어리둥절하겠지만 실제 현장에서는 그렇게 진행되고 있다. 미국산, 일본산, 중국산 등의 루어가 한국 물고기들을 유혹한 지도 오래된 현실인 것이다.

이런저런 이유로 하여 탄생한 낚시가 바로 배스낚시의 다운샷 기법을 활용한 선상 광어 루어낚시다. 깊은 수심의 먼 바다로 나가면 분

60㎝를 넘는 광어, 이 정도면 7, 8명이 먹는다.

명 광어 자원이 많다. 따라서 기존의 우럭 전문배의 포인트 노하우를 활용하되 루어 다운샷 채비로 광어를 공략하면 어떻게 될까? 낚시꾼들은 이런 의문이 생기면 실천한다. 왜? 간단하다. 더 큰 고기를 더 많이 잡기 위해서다. 손맛도 즐기면서.

그래서 몇 년 전부터 영흥도 주변이나 충남 홍원항이나 안면도 주변에서 실험적인 낚싯배들이 광어 다운샷 채비로 비밀스럽게 상당한 조과를 올리고 있었다. 하지만 소문이란 퍼져나가게 마련인 것. 참돔 타이라바낚시가 유행하듯, 이제 서서히 광어 다운샷낚시가 유행할 조짐을 보이고 있다. 다운샷이란 봉돌을 맨 아래에 달고 위 30~40cm 정도에 훅이라고 하는 고리가 있는 바늘을 달아 보통 섀드

뜰채에 담기는 광어. 큰 광어는 뜰채로 마무리해야 한다.

(shad)라고 하는 실리콘 재질의 물고기 모양 루어를 장치하는 채비를 말한다. 이 채비의 장점은 특히 배낚시에서 유리하다는 것이다.

그런 정보만 가지고 있었는데 인천 남항부두에서 출항하는 배에서도 본격적으로 광어 선상낚시를 한다기에 귀가 솔깃하지 않을 수 없었다. 인천 쪽에서 나온다면 굳이 운전 오래해서 멀리 갈 필요가 있을까. 그 주인공에 해당하는 배가 바로 백마3호였다.

지루한 장마의 끝, 여전히 비가 장대같이 내리고 있었지만, 새벽 남항 부두로 향했다. 사리 물때여서 항구는 지난주보다는 한가했다. 무지막지하게 내리는 빗방울을 바라보며 선실에서 잠을 청했다. 6시 조

금강산도 식후경!

중간의 여성은 백마 3호의 여주인 윤미선 씨. 낚시와 음식 솜씨는 프로급, 글솜씨도 수준급.

금 전, 빗방울이 굵은 가운데 낚시가 시작된다. 소야도 부근이란다. 소야도는 덕적도 남쪽 바로 아래에 있는 섬. 시작하자마자 앞에 있는 꾼이 제법 큰 씨알의 광어를 걸어 올린다. 낚시하는 모습이나 장비를 보니 프로의 냄새가 난다. 나에게는 입질조차 없다. 이럴 때는 자문을 받는 것이 상책이다.

나는 그에게로 가서 다운샷낚시는 처음이라고 한 수 가르쳐 달라고 했다. 그는 친절하게도 훅을 목줄에 묶는 방법과 섀드를 바늘에 장착하는 요령을 알려주었다. 더 나아가 자신이 가진 섀드 몇 개를 주며 이것으로 해보란다. 그리고 가장 중요한 낚시 요령을 알려주었다. 봉돌이 바닥에 닿으면 릴링을 하지 말고 바닥 약간 위에 봉돌을 띄운 채로 가만히 있으라는 것이었다. 서해는 유속 때문에 배가 상당히 빨리 움직이니 가만히 있어도 루어는 산 고기처럼 움직인다는 것이 그의 설명이었다(나중에 고마워서 통성명을 했더니 그는 정말 프로였다. 조구업체 '라팔라'의 유지영 필드스텝인데 꾼들 사이에는 '블루'라는 닉네임으로 통하고 있었다).

그가 알려주는 요령대로 섀드를 정성껏 달아 채비를 아래로 내린다. 덜커덩 하더니 바로 입질이 온다. 올리면서 보니 광어가 확실하다. 참돔과는 달리 광어는 탐식성이 강한 물고기라 예신이고 뭐고 없다. 조건만 맞으면 덜컹 물고 그 순간 바로 낚싯대가 처박힌다. 역시 루어낚시는 물고기를 속이는 것이라 속임의 기술이 필요하다는 것을 절감한다. 그렇게 올린 광어는 5짜에 가까운 제법 큰 씨알이다. 비는 계속 내린다. 모두들 마지막 장맛비에 맞서 처절한 사투를 벌인다.

배는 선갑도로 이동한다. 선갑도는 무인도. 그 절벽이 장관이다. 비가 와서 폭포가 만들어져서 바로 바다로 흘러내린다. 20~30m의 수심에서 광어와 우럭 놀래미가 제법 여러 마리 올라온다. 나도 광어 두 수를 올린다. 역시 가는 줄을 세팅한 루어 채비로 광어를 올리니 무식한 우럭 채비보다 확실히 손맛이 좋다. 낚싯대에서 손으로 파고드는 그 황홀한 저항감. 고기 입장에서는 죽기 전에 마지막 사력을 위해 도망가려고 발버둥치는 것이겠지만, 꾼들은 그 저항에서 생명의 경이감을 느낀다. 좀 아이러니하지만 그것이 낚시의 실체다.

배는 다시 각흘도로 이동한다. 각흘도 여러 섬들의 경관은 백령도나 선유도나 거제 해금강 해안 못지않게 아름답다. 동물 모양의 바위도 여럿 있고, 독립문를 추상화한 듯한 거대한 독립 바위도 여럿 있다. 그 절경으로 빗방울은 혹독하게 떨어져 내리고, 꾼들은 온몸이 젖어드는 것도 아랑곳하지 않고 낚시에 열중하고 있다. 낚시를 모르는 사람이 이 모습을 본다면 분명 중얼거릴 것이다.

'미친놈들!'

그렇다. 분명 미친 사람들이다. 장대같이 쏟아지는 장맛비를 온몸으로 감당하며 고기 몇 마리 더 낚으려고 덤비는 무모한 인간들인 것이다. 그렇지만 무엇에 미칠 수 있다는 것도 인간만이 할 수 있는 형이상학적인 행위다. 낚시 자체의 목적이 비록 입맛이나 손맛을 위한 좀 형이하학적인 목적에서 비롯된 것이기는 하지만.

그런 생각을 하는 중 또 한 마리가 덜컹한다. 그래 이건 좀 더 큰 놈이구나. 열심히 릴링을 하여 뱃전으로 끌어올리는 순간, 광어가 필사적으로 몸부림을 친다. 그 몸부림은 입에 걸린 바늘로부터 그의 몸뚱이를 해방시킨다. 바다로 풍덩. 아깝다. 컸는데. 놓친 고기는 더욱 크게 느껴지는 것이 모든 낚시꾼의 공통된 심사다.

이날 배에는 상당히 많은 양의 광어가 올라왔다. 우럭 선상낚시를 대신하여 인천 원도권 선상 루어낚시가 새로운 낚시 형태로 부상할 것임을 예감할 수 있는 날이었다.

백조기낚시

여름 한철 즐기는 낚시가 백조기낚시다. 백조기는 보구치라고도 한다. 우리가 일반적으로 알고 있는 굴비로 만들어 먹는 조기(참조기)와는 사촌 격이다. '부세'라고도 하는 수조기와도 사촌 격이다. 백조기는 몸빛이 희고 참조기는 배 쪽이 황색이며 수조기는 전체적으로 검다. 한여름 복더위가 기승을 부리면 서해 오천, 보령, 홍원항, 군산 등지에서 백조기를 잡으러 가는 배들이 많아진다. 백조기낚시는 선상낚시 중에서도 가장 쉬운 낚시지만 한여름에 진행하다 보니 더위를 잘 견뎌야 하는 것이 관건이다.

백조기 채비는 우럭 편대채비와 동일하나 바늘을 약간 작은 것을 쓰는 것이 요령이다. 몇 년 전에 홍원항으로 출조하여 100여 마리의 백조기를 낚아 염장하여 두고두고 먹었던 기억이 있다. 그 욕심에 토요일 광어낚시를 가려던 백 상무를 꼬드겨 홍원항으로 향했다.

홍원항에서 백조기를 전문으로 잡는 돌핀호를 탄다. 선장은 아직 백조기가 본격적으로 잡힐 철은 아니라고 말한다. 하기야 올해 모든 어종의 출현이 약 한 달 정도 늦었다. 우럭이 어초에 진입한 것도, 광어의 산란도, 주꾸미의 전성기도 다 보름 이상 차이가 났던 것이다. 아마도 지난겨울의 혹독한 추위로 인해 수온이 늦게 올라가서 그런 모양이다. 이맘때 백조기를 잡아보면 입안 가득히 갑각류들을 물고 있어야 하나 게를 비롯한 어린 갑각류의 성장이 더뎌서 백조기도 아직 연안으로 덜 붙은 것이라는 선장의 말이다. 보름 후부터 전성기가 될 것이며 대신 지금은 씨알이 좋다는 말을 덧붙인다.

그렇다면 오늘은 낱마리 조황을 각오해야 한다는 의미다. 홍원항에서 20~30분 거리의 바다에서 낚시가 시작된다. 가끔 한 마리씩 올라온다. 나에게는 입질도 없다. 선장이 애가 타는지 여러 장소로 옮겨 다닌다. 다른 배와 연신 통화를 하며 조황을 확인한다. 그러나 어디에도 시원한 조황은 없다. 자리를 또 옮긴다. 그제야 한두 마리 올라온다. 백조기는 미끼를 물면 확실한 입질이 온다. 따로 챔질 없이 그냥 올리면 된다. 제법 손맛이 좋다. 앙탈하는 손맛이다.

또 자리를 옮긴다. 이번에는 큰 입질이 온다. 뭔가 큰 녀석이다. 무엇일까. 실망스럽게도 올라온 것은 서해에서는 장대라고 부르는 양태 녀석이다.

낚시꾼들에게 욕을 얻어먹는 생선들이 있다. 갯바위꾼들에게 진갱이나 고등어는 욕먹는 대표적인 어종들이고, 숭어나 학꽁치, 놀래미 등도 가끔 욕을 얻어먹는다. 미끼만 따 먹고 가는 복어나 쥐치 새끼도 낚시꾼에겐 여간 성가신 존재가 아니다. 제주의 한 방파제에서 낚시를 하는데 옆의 현지꾼이 벵에돔을 노리다가 고등어가 올라오니

홍원항에서, 잡은 백조기를 자랑하는 백 상무.

화가 나서 그냥 바닥에 패대기를 치는 일도 본 적이 있다. 꾼들에게 손님고기(잡고자 하는 주 대상어가 아닌 다른 물고기)로 환영받는 것은 우럭, 볼락, 광어, 참돔 등 이른바 고급 어종들이며 그 외의 다른 어종들은 대개 잡어 취급을 받게 마련이다.

우럭이나 광어를 노리는 선상낚시에서도 잡어 취급을 받는 녀석이 있다. 우선 서해 전역에 많이 분포하는 쏨뱅이란 녀석이 있다(남쪽 바다에 서식하는 붉은쏨뱅이와는 다른 어종으로 서산에서는 깜팽이라고 하기도 한다. 볼락이라고 잘못 부르는 꾼들도 많다). 쏨뱅이는 작은 체구에 비해 특유의 부르르 떠는 입질을 하며 자기 체구만 한 미끼를 통째로 삼켜 꾼들의 비난을 받기 일쑤이며, 더군다나 가시에는

230

성실하게 포인트를 찾는 돌핀호 선장.

독이 있어 한번 찔리면 그 통증이 상당하다. 먹을 것도 없고, 낚시를 방해하고, 또 독까지 있기에 쏨뱅이는 선상낚시꾼에겐 대표적인 방해꾼인 것이다.

꾼들에게 쏨뱅이 이상의 악당으로 저주받은 생선이 바로 양태다. 이 녀석은 모래와 펄 바닥에 서식하는데 백조기와 서식 환경이 비슷해 여름철 백조기낚시 때 많이 잡히는 손님고기이다. 이 녀석은 우선 힘이 매우 좋다. 양태가 미끼를 물면 큰 우럭이나 백조기로 착각하기 쉽다. 올라오면서 지속적으로 손맛을 제공하다가 물 위에 모습을 드러내면 비로소 양태라는 것을 알게 된다. 실망한 꾼에게 아랑곳하지 않고 양태는 뱃전에서 상당한 파워로 요동을 친다. 바늘을 빼야 다

뱃전에 올라온 장대. 밟지마!

해체하여 염장한 장대와 백조기.

232

음 낚시를 진행하므로 바늘을 빼려고 손을 가져가면 옆에 있는 고참
꾼이 다급하게 소리를 지른다.

'잡지 마, 밟아!'

양태를 손으로 잡다가 날카로운 등지느러미에 쏘이는 일이 왕왕 있
다. 한번 쏘이면 통증이 몇 시간 간다. 그런 사실을 아는 고참꾼들이
동료에게 알려주는 것이다. 납작한 생선이라 발로 밟기에 쉬울 것 같
지만 실제로는 워낙 요동을 심하게 치기 때문에 그것도 쉽지 않다.
겨우 제압하여 발로 밟고 바늘을 빼려고 하면 이놈이 노려본다. 양태
는 눈이 작고 반원형으로 뻗어 있어 마치 기분 나쁘게 '째려'보는 느낌
이 드는 것이다. '왜 밟냐?' 하는 듯이.

양태를 회로 먹는 사람도 거의 없고 그냥 버리기는 아까우니까 매
운탕에 넣어 먹는 정도로 '처리'하는 꾼들이 다수다. 양태 입장에선
억울하기 그지없다. 잡혀 죽은 것도 억울한데 밟히거나 두드려 맞는
다. 자신의 살로 화려하게 장례식을 시작해 사람들의 입맛을 돋우고
마지막은 매운탕으로 남은 살과 뼈를 아낌없이 제공함으로써, 자신의
삶을 칭송으로 마감하는 우럭이나 광어와는 달리, 양태의 마지막은
지리멸렬하다.

불쌍한 양태! 하지만 양태는 여수 쪽에서는 서대와 함께 제법 대접
을 받는 생선이다. 제사상에도 올리고 반 건조한 양태를 찜으로 요리
하면 그 맛이 몹시 좋다는 이야기도 있다. 양태를 둘러싼 몇 가지 속
담도 있다. '고양이가 양태머리 물어다 놓고 서럽게 운다'나 '양태머리
는 미운 며느리나 줘라'는 속담은 양태머리가 먹을 것이 없어 나온 말
이다. 그러나 양태 볼때기 살은 양도 많고 맛있어서 '양태머리에는 시

어머니 모르는 살이 있다'고 맞받아치는 재미있는 속담도 있다.

양태를 두 마리 거듭 올리고 나니 조황이 뚝 끊어진다. 덥다. 바다에는 바람도 없다. 이런 날 조황이 없으면 더더욱 맥이 빠진다. 백조기가 그리 비싼 생선은 아니지만 주 대상어였는데 호조황이 아니니 섭섭한 것이다. 하지만 어쩌랴. 모든 동물이 그렇듯이 물고기도 철저히 먹이사슬에 묶여 있고 종족 보존의 본능에 의해 움직이니 백조기가 안 잡힌다고 누구를 탓하겠는가.

이날 백조기 조황은 보잘것없었지만, 다른 배도 다 그랬고, 그 와중에도 돌핀호 선장은 손님들에게 한 마리라도 더 잡아주기 위해 혼신의 힘을 다했다. 많이 잡은 사람은 20여 마리. 나의 총 조과는 백조기 열 마리, 양태 두 마리, 우럭 한 마리, 광어 한 마리.

집에 돌아와 회와 매운탕과 소주로……. 푹 자고 일어났더니 새벽이다. 몸과 마음이 상쾌하다. 거친 노동과 이어진 숙면 다음의 상쾌함이다. 양태와 백조기를 정성껏 손질한다. 이 녀석들은 고맙게도 다음에 일용할 양식이 될 것이다.

기어코 백조기낚시

🐟 7월 30일 백조기낚시를 갔건만 만족할 만한 성과가 아니었다. 시즌이 아니었기 때문이다. 그러다가 8월 20일 홍원항으로 광어 다운샷을 갔더니 광어는 덜 나오고 백조기만 잔뜩 나왔다는 것이 아닌가. 그래서 8월 27일 다시 백조기로 방향을 선회, 친구 세 명이서 홍원항으로 달려갔다.

오전 6시 호해스타호에 승선. 12명이 타는 5톤급 배다. 5톤치고는 비교적 넓은 배다. 한 10분을 나갔나. 바닷물 빛이 완전 먹물색이다. 비가 많이 와서 부사호에서 방류를 많이 해서 그렇단다. 그러면서 선장은 요즘 조황이 썩 좋지는 않았다고 말한다. 항상 인터넷으로 올리오는 조황과 현지 사정은 일정한 괴리가 있게 마련이다. 부사호의 '육수(陸水)' 방류 때문에 물빛도 그렇고 조류의 흐름도 달라졌기 때문이란다. 육수? 육수(肉水)라는 말로 들려 잠시 헷갈렸다. 그건 그렇고, 그럼 오늘도 빈작일까? 선장은 10시 이후에나 올라올 것이라고 한다.

아파트 베란다 밖에서 염장한 백조기를 말리고 있다.

홍원항이 바라보이는 곳에 첫 채비를 내린다. 흐름이 심하다. 100호 봉돌이 마구 떠밀린다. 썰물에 육수가 흘러드니 더 빨라진 것이라고 선장은 말한다. 채비를 올리란다. 그런데 아, 이게 무슨 낭패일까. 릴이 감아지지 않는다. 헛바퀴만 도는 것이다.

지난밤 기껏 수심 20~30m인 백조기 낚시에 무거운 전동릴을 사용할 필요가 있을까 생각하고 평소 사용하던 MT 500 대신 좀 가벼운 오세아 지거 NR 2000을 꺼내 릴을 감아 보았더니, 오래 사용하지 않아서인지 핸들에서 뻑뻑 하는 소리가 났었다. 방청제를 뿌리다가 손잡이 부분만 분해해 확실하게 방청제를 뿌리자 싶어 분해했었는데, 이게 장난이 아니었다.

납작하게 생긴 부품이 생각보다 많았고, 좁쌀 같은 스프링이 튀어나가 찾느라고 한참, 겨우 어찌어찌 두어 시간에 걸쳐 재조립하긴 했는데, 결국 잘못하고 만 것이다. 드랙이 하나도 물리지 않고 완전히 풀어진 상태인 것 같은데 어떻게 대처할 방법이 없다. 할 수 없이 루어용 베이트릴을 꺼내 채비 세팅을 다시 했다. 100호 봉돌에 베이트릴! 낑낑거리고 있으니 선장이 좀 안쓰러웠는지 자신의 전동릴을 갖다준다. 다시 세팅.

그나마 다행이다. 채비 세팅을 다시 하는 동안 다른 사람들도 센 조류 때문에 거의 못 잡았으니. 이럴 때 고기가 연신 올라오면 머리에 김나는 것이다. 우럭이나 갈치낚시 때도 채비 풀고 있을 때나 새로 세팅할 때 다른 사람이 연신 올리면 마음은 급하고 손은 더듬는 경험을 꽤 했었지. 역시 나는 아직 낚시의 도에 이르지 못한 사람, 질투에 눈먼 사람이다.

물이 돌고 밀물 시간이 오자 선장의 말대로 거짓말같이 물빛이 맑아지고 입질이 오기 시작한다. 씨알이 좋다. 하지만 입질은 오지만 헛챔질이 많다. 백조기는 탐식성이라 확 물고 늘어지는 것으로만 생각했는데, 꼭 그렇지는 않다. 미끼 끝만 따먹고 사라지는 경우가 많다. 미끼인 갯지렁이를 짧게 쓰면 후킹은 확실하지만 입질 빈도수가 적어진다.

선장이 시범을 보인다. 통마리로 길게 미끼를 끼우고 넣으면 바로 잡아낸다. 뭔가 요령이 있는 것이다. 자세히 보니 결국 유혹의 기술이다. 길게 끼우니 입질 받기에 유리할 것이고, 입질이 오면 대를 살짝 들면서 유인해 확실하게 물면 대를 무지개처럼 가볍게 들어 바로 릴을 감는 것이다. 멈춤 없이 일련의 슬로우 비디오처럼 부드럽게 잡아내고 있었다. 즉 바닥에 봉돌이 닿는 느낌이 들면 10cm 정도 들고 있다가 입질이 오면 살짝 드는데 이때 확 달려들면 대를 부드럽게 들어 감는 것, 이것이 요령이었고 이렇게 하니까 역시 조과가 확실히 좋다.

마침 배 선수에 자리를 잡았기에 채비를 또 바꾼다. 참돔 채비로. 루어대에 베이트릴을 장착하고 타이라바를 단다. 타이라바 바늘에 갯지렁이를 끼우고 낚시를 시도해 본다. 하지만 입질은 확실히 빨리 오는데 후킹이 제대로 되질 않는다. 몇 번 해보았지만 실패. 다시 40호 봉돌을 달고 일반적인 백조기 채비인 편대채비를 장착한다. 이번에는?

대성공이다. 입질 파악도 훨씬 잘되고 후킹 성공률도 높고 손맛도 좋다. 연신 씨알 좋은 백조기를 걸어 올린다. 다만 옆 사람과 봉돌을 다르게 쓰니 낚싯줄의 각도가 사선으로 기울면 바로 올려주는 수고를 아끼지 않아야 한다. 앞으로 백조기낚시는 모두가 30호나 40호 봉돌을 쓰는 가벼운 낚시를 하면 훨씬 좋을 것이라는 생각을 해본다.

예보 상으로는 비가 올 거라고 했는데 날씨가 너무 좋다. 태양이 작열하고 꾼들은 연신 더위에 헉헉거린다. 나는 이런 날을 좋아한다.

대학 시절 제주도를 한 보름 걸려 걸어서 여행한 적이 있었다. 그때 날씨가 그랬다. 하늘엔 뭉게구름이 떠 있고, 태양은 작열했다. 그 아득한 시절 터벅터벅 무거운 배낭을 메고 제주 해안을 일주했었다. 지금 말썽 많은 제주 강정 바닷가에서 남녀가 같이 몸을 씻을 수 있는 자연 목욕탕을 보고 마음 설레기도 했다. 시냇물이 내려오는 바닷가에 제주 현무암으로 나지막한 담을 둘린 오픈된 목욕탕은 남녀 구분이 있게 만들었지만, 일어서면 서로가 다 보이는 그런 자연친화적인 구조였다. 목욕하는 여체를 본 것은 아니었지만, 그 상상만으로도 좋았다. 지금은 봐도…… 뭐 그저 그렇다. 너무 많이 본 탓이다. 차라리 이런 날씨가 좋다.

몇 마리 잡은 고기로 회를 친다. 우럭 한 마리, 쏨뱅이 한 마리, 보리멸 한 마리, 작은 백조기 몇 마리는 뼈째로 회를 친다. 마침 한라산 소주가 있어 친구들의 눈을 피해 젊은 날 제주 바다의 구름을 바라본다. 서해에서, 잠시.

친구들은 백조기도 뼈째로, 흔한 말로 새꼬시로 먹으니 괜찮다고들 한다. 만날 내가 회를 치니 안 맛있다고는 못하지. 우리말 '뼈회'는 일본말 새꼬시를 직역한 것 같아 좀 부자연스럽다.

김치찌개에 백조기를 넣은 좀 희한한 점심을 먹고 다시 낚시를 시작한다. 어느 사이 조황이 뜸하다. 여밭으로 포인트를 옮기니 가끔 수조기가 올라온다. 부세라고도 하는 수조기는 어시장에서도 자주 목격되는 생선이다.

그러다가 물이 서면서 입질이 뚝 끊긴다. 낭만도 좋지만 덥다. 모두들 지쳐 있다. 다음 물돌이 타임까지 가면 너무 지칠 것이다. 모두의 뜻인지 선장이 귀항하자고 한다.

이날 백조기 씨알은 매우 좋았다. 비록 마릿수 조황은 아니지만 씨알 면에서 흡족했다. 이것으로 올해의 백조기낚시는 마감해야겠다. 가을까지 먹을 일용할 양식은 이미 비축했으므로.

이날 선장에게 배운 것. 비늘을 벗기고 장갑 낀 손으로 아가미 뚜껑을 들어 손가락을 깊이 넣어 양쪽 아가미를 잡아당기면 내장이 함께 나온다. 실제 해보니 그렇게 어렵지 않았다. 이렇게 하면 배를 가르는 것보다 간편하고 정소와 난소는 나오지 않아 영양가 있는 부분은 먹을 수 있게 된다. 다음에 굵은 소금을 아가미 속으로 내장 부분에 조금 집어넣고 전체적으로 소금을 뿌린 다음 하루 이틀 말렸다가 냉동 보관하여 한 마리씩 꺼내 먹으면 된다.

부자(父子) 낚시

전통적으로 사냥과 낚시는 남자들의 전유물이었다. 오랜 인류의 진화과정에서 보면 사냥과 낚시를 잘하는 것이 남자의 자격이었다. 현대 사회에서는 돈을 잘 버느냐 혹은 좋은 직장을 가지고 있느냐가 능력남의 중요 척도지만, 원시 사회에서는 사냥과 낚시를 잘하는 남자가 건강한 남자이며, 또한 가족이나 집단의 생계를 위해 헌신할 수 있는 남자였다. 여자들이 자신의 유전자를 후대에 남기기 위해 선택하는 남자의 유전자는 낚시와 사냥을 잘하는 남자였고, 이 때문에 남자에게 사냥과 낚시의 기술은 생존뿐만 아니라 생식을 위해서도 필수적인 것이었다. 매력남과 능력남이 되기 위한 필살의 사냥과 낚시 기술은 오랜 기간의 실전 경험을 통해 완성된다. 이렇게 터득한 기술은 아버지 세대에게서 아들 세대로 전수되면서 그 완성도가 점점 높아진다. 인류가 오랜 진화 과정 속에서 지구상의 최강의 동물이 된 이유 중 하나는 바로 이러한 사냥과 낚시 기술의 전승과 교육이 지속적으로 이루어졌기 때문이다.

현대에 오면 사냥과 낚시는 단순한 취미로 전락했다. 낚시를 잘한다고 여자들을 매혹시킬 수 없다. 오히려 허구한 주말마다 낚시 간다고 아내에게 달달 볶이지 않으면 다행이다. 경제적인 측면으로 봐도 낚시는 남는 장사가 아니다. 낚시 장비의 구입과 출조비를 상회하는 정도의 조과를 올리는 꾼은 이 세상에 없다고 해도 과언은 아닌 것이다. 하지만 요즘도 아버지와 아들이 낚시를 할 때면, 모든 아버지는 아들에게 낚시 기술을 전수하려고 애를 쓴다. 세상살이에 별 도움도 되지 않는 낚시 기술을 가르치기에 여념이 없는 것이다.

지금은 군복무를 하고 있는 아들에게도 나는 낚시 기술을 가르치기에 한 치의 게으름이 없었다. 어린 시절부터 내린천에 데리고 가 견지낚시의 기술을 가르쳤고, 동해와 서해, 심지어 제주도까지 가서 낚시 기술을 가르쳤다. 아들이 잡은 고기는 피라미부터 가자미, 우럭, 광어, 갑오징어 등등 그 종수도 많다. 한번은 아들이 초등학교 저학년 때 우럭 배낚시를 함께 갔는데 얼마나 잘 잡아내는지 선장이 낚시 신동이 나타났다며, 아들에게 돈 만 원을 준 적도 있었다. 물론 나는 선장에게 고맙다며 팁으로 답례를 했다. 그것보다도 그날 나는 거의 낚시를 못했었다. 아들 녀석 채비에 미끼 달아주고 채비 걸리면 갈아주고 하다 보니 정작 나의 조과는 형편없었던 것이다.

군대 간 지 7개월 만에 휴가를 나온다고 아들에게서 연락이 왔다. 엄마는 당연히 아들이 '뭐 먹고 싶냐'가 관심사였는데, 전해 들으니 '회'라고 했다고 한다. 그럼 그렇지. 어린 시절부터 광어니 우럭이니 해서 거의 토요일 저녁마다 수북이 쌓아놓고 먹곤 했는데, 군대 급식이

신진도항 영복호 선장 부자. 붕어빵이다.

아무리 좋아졌다고 해도 자연산 회를 줄 리야 없지. 핑계 삼아 추석 연휴가 시작되는 날 새벽 충남 신진도항을 찾았다.

요즘 막 맛이 오르기 시작한 광어 조과가 가장 좋은 것은 다운샷 낚시다. 전통적으로 우럭낚시만 고집하던 많은 서해의 배들이 우럭 자원에 비해 상대적으로 광어 자원이 늘어나고 다운샷낚시기 인기를 끌자, 사리 불때에는 아예 다운샷 출조를 많이 한다. 신진도 항의 영복호도 그중 하나다. 아버지와 아들이 함께 배를 모는 그 배는 낚시 꾼들의 어설픈 낚시 기술의 전수가 아니라 본격적인 고기잡이의 기술을 전수하고 있는 현장이기도 하다.

붕어빵 부자의 행복한 낚시.

제주도 아래에서는 태풍 꿀랍이 온다고, 많은 꾼들이 예약을 취소했지만 날씨가 좋기만 하다. 배는 신진도에서 서쪽 방향으로 약 한 시간을 달려 궁시도 근해에 이른다. 어제 이 해역에서 영복호 선장 부자(父子)는 둘이 낚시해 약 32kg의 광어를 낚았다고 한다. 자연산 활광어 현지 경매 시세가 kg당 2만 2000원 정도라 하니, 약 70만 원의 수입을 올린 셈이다.

내가 낚시하는 바로 옆에는 중학교 1학년이라는 아들과 함께 낚시 온 사십 대 초반으로 보이는 낚시꾼이 자리를 잡고 있다. 나의 리플레이를 보는 것 같아 흐뭇하다. 배에 탄 10명 중에서 선장 부자와 낚시꾼 부자가 함께 타고, 내가 마음속에서 아들과 함께 타고 있으니 이 배에는 삼 부자가 함께 타고 있다. 아니다. 다른 꾼들도 그렇게 생각할지도 모르니, 더 많은 부자가 이 배에 타고 있을 것이다.

미끼로 흰색 야광 웜을 선택한다. 탁월한 선택인지 바로 입질이 들어온다. 끌어올리니 준수한 씨알의 광어다. 연이어 두 마리가 더 올라온다. 낚시 시작한 지 20여 분 만에 세 마리의 광어. 이 정도면 대박이 날 징조다. 하지만 그 다음부터는 도통 입질이 없다. 색이 다른 웜을 바꿔 보고, 타이라바를 달고 해보아도 도통 소식이 없다. 다른 꾼들은 가끔 우럭이나 광어를 올린다. 그렇게 시간이 흐른다. 오전 11시 가까이 되어서야 또 한 마리를 올린다. 회를 쳐서 사람들을 모은다. 같이 소주 한 잔씩 하는데 그때까지 선실에서 자고 있던 중학교 1학년 녀석이 회 냄새를 맡았는지 회 판으로 온다. 잘 먹는다. 아마도 아버지가 숱하게 잡아가서 먹인 교육의 효과이리라.

회를 먹고 나서 그 녀석이 본격적인 낚시를 하기 시작한다. 하자마

너도 이 담에 그럴 것이다.

자 광어 한 마리를 끌어 올린다. 아버지가 더 좋아한다. 이어 두 마리 더 히트한다. 아침부터 잘 잡아내던 아버지에게는 입질도 없다. 다 그렇다. 나도 과거에 아들과 함께 해보니 그랬었다. 아들에게 입질이 연거푸 오면 아버지에게는 입질이 없게 마련이다. 그게 자연의 이치다.

점심을 먹고 드문드문 입질이 이어진다. 확실히 검은색 계열의 웜을 쓰니 우럭 입질이 잦다. 이번까지 세 번의 광어 다운샷낚시를 했다. 나름대로 다운샷낚시의 기초를 알 것 같다. 오후 네 시가 되면서 낚시를 끝마친다. 광어 여덟 마리에 우럭 두 마리가 총 조과다. 이 정도면 아들과 함께 충분히 먹고도 남을 만한 양이다.

정오 무렵 약간 불던 바람은 오후가 되면서 잠잠해지고 해가 서쪽으로 기울면서 바다는 더없이 평화롭다. 내가 힘이 없어져도, 바다는

248

여전할 것이다. 내 나이쯤 되어 아들도, 자신의 아들을 먹이기 위해
이 바다에 있을까.

　아마도 그럴 것이다. 그때까지 살아 있다면, 나도 한 점 얻어먹겠
지.

삼치낚시

📍 거문도 출신의 작가 한창훈은 그의 소설과 산문에서 '삼치회는 치아를 사용하지 않고 혀만으로 먹는다'와 '쇠고기보다 삼치 맛이라는 말을 듣는 삼치회의 맛은 독보적이다'라는 말로 삼치회 맛을 극찬했다. 소설가의 말을 다 믿는 것은 아니지만, 한창훈은 거문도 토박이이고 현재도 거문도에 살고 있는, 어부 같은 낚시꾼이니 바닷물고기에 관한 발언은 믿을 만하다.

한창훈 외에도 실제 남해안이나 서해안 어부나 낚싯배 선장들에게서도 회로는 가을 삼치가 최고라는 말을 몇 번 들어본 적이 있다. 평생을 바다에서 살아온 안흥 신진도의 은양호 선장도 언젠가 가을 삼치 맛에 대해 장광설을 풀어놓은 적이 있다. 가을 삼치가 맛있는 이유는 기름이 올라 부드럽고 고소하다는 것인데, 가을 전어가 맛있는 이유도 같은 이치라는 것이다. 사실 우리나라 근해에서 잡히는 거의 모든 생선은 가을부터 겨울이 맛있다.

삼치를 낚시로 잡는 방법은 몇 가지가 있다. 10월 이후 당진의 석문 방조제나 삼길포 등의 서해 연안에서 루어낚시로 잡는 것. 대개 스푼루어를 사용하는데 중들물 이후 만조 때까지가 잘 낚인다. 삼치가 낚인다는 소문만 나면 수많은 꾼들이 다닥다닥 붙어 삼치잡이에 열중하는 것을 볼 수 있지만, 대개는 잡히는 삼치보다 사람이 더 많다. 크기도 작다.

서해 안흥 등지에서는 긴 대나무 장대에 강한 줄을 길게 연결하고 납추와 인조 미끼 여러 개를 달아 일종의 끌낚시로 잡는 전통 어부식 낚시를 하는 경우도 있다. 바닥을 끌고 다녀야 하기 때문에 어초나 암초가 있는 지역에서는 이런 낚시가 불가능하다. 몇 년 전에 이런 낚시를 해본 적이 있다. 낚시라기보다는 그냥 어부 체험이라는 게 정확할 것이다. 개인 장비로 자신의 주도하에 하는 것을 낚시라 정의한다면, 이런 바닥 트롤링 기법의 낚시를 하면서는 선장의 보조자로서 잠시 어부 역할을 대신하는 기분이 들었던 것이다.

가장 효율적인 방법으로는 선상 채낚기 갈치낚시를 하면서 손님고기로 삼치를 잡는 것이다. 가을이 깊어지면서 삼치도 씨알이 굵어진다. 갈치낚시를 하면서 노릴 수 있는 어종은 대개 네 종류다. 갈치, 삼치, 고등어, 오징어. 여기에 방어나 참다랑어가 가세하기도 한다. 운이 나쁘면 만새기나 상어가 잡히기도 한다.

금요일 오후 제주로 향했다. 예약해 놓은 배는 방주호. 어선을 개조해 낚싯배로 만들었다고 한다. 제주공항에서 가장 가까운 도두항에서 출항한다. 30분 정도 나아갔을까. 어두워지면서 온 바다에 갈치배

갈치낚시 중 삼치를 올린 꾼.

가 가득한 듯 바다 곳곳에 집어등을 단 배들이 수십 척 떠 있다. 본격적으로 갈치 시즌이 시작된 것이다.

갈치배는 갈치낚시에 적당한 수온을 유지하는 현장을 찾으면 그곳에 물풍을 내린다. 물풍이란 무거운 추를 단 일종의 대형 낙하산 같이 생겼다. 선수에서 내려 조류의 흐름을 낚시하기 편하게 조절하기 위해 만든 장치라고 한다. 이 물풍으로 인해 대개 갈치배는 선수 쪽이 조황이 좋다고 하여 꾼들끼리 자리다툼이 치열하다. 심지어는 싸움이 일어나기도 한다. 때문에 요즘 대개의 갈치배들은 추첨을 하여 자리를 정한다.

추첨을 한 결과 1번 카드를 뽑아 선수에 자리를 잡는다. 기술이 중

성산 일출봉이 구름 모자를 썼다.

요하지, 자리가 그리 중요할까 하면서도 기분이 좋다. 채비를 하고 입수하자마자 갈치가 서너 마리씩 올라온다. 갈치를 잡으면서도 삼치도 몇 마리 올라와라 하고 기다린다. 갈치의 입질과 삼치의 입질은 확연히 다르다. 갈치는 채비가 정렬되고 난 다음에 까닥까닥 예비 어신이 있고, 다음에 낚싯대가 아래로 쳐지는 본신이 온다. 하지만 삼치 입질은 바로 본신이 온다. 확 초리대가 내려가기도 하고 쭉 펴지기도 한다. 그런 입질이 오면 바로 채비를 올려야 한다. 옆에서 낚시를 하고 있는 꾼의 채비와 엉킬 확률이 아주 높기 때문이다.

그런 입질이 오면 대개의 꾼들은 싫어한다. 갈치가 아니기 때문이다. 하지만 나는 그런 입질을 기다린다. 한창훈이 극찬한 삼치회 맛

밤바다에서 한 잔, 아는 사람만 안다.

을 보아야 하기 때문이다. 열댓 마리의 갈치를 잡았을까. 드디어 초릿 대가 확 꺾어지다가 쭉 펴지는 입질을 받는다. 삼치다. 재빨리 전동릴 버튼을 돌려 채비를 회수한다. 갈치와는 달리 무겁게 요동치는 삼치. 힘이 장사다. 뱃전에 올라온 삼치는 60cm 정도 되는 중형급이다. 1m 까지 자라는 삼치는 적어도 60cm 이상은 되어야 회 맛이 좋다는 게 갑판장의 설명이다.

바로 회를 떠서 한 잔 하고 싶었지만 그런 분위기가 아니다. 초반 이어서인지 모두들 어부보다 더 열심히 낚시를 한다. 같이 간 백 상무 도 낚시에 여념이 없다. 그도 그럴 것이 갈치가 계속 올라오니까. 자 정이 지났을까. 갈치가 뜸하게 올라온다. 그제야 배가 출출하다. 눈 치를 챘는지 선장이 갈치로 회를 뜬다. 제주시의 야경이 은은히 바다 물빛에 번지고 가까운 바다에는 온통 갈치배로 환하여 파시 같은 분 위기에서 친구와 나는 다른 꾼들에게 한 잔씩 건네 가며 소주병을 비운다.

바로 이 맛이다. 제주까지 2주 연속해서 날아온 이유는. 지난주에 는 에깅낚시로 낮에 무늬오징어 두 마리를 잡았다. 밤에는 갈치배 타 려고 했다가 주의보로 인해 배도 타지 못하고 제주시 동문시장 부근 유흥가에서 술만 마시고 아침에 오분자기 뚝배기 하나로 쓰린 속을 달랜 후 홀쭉해진 지갑을 아쉬워하면서 씁쓸하게 서울로 올라갔었 다. 소주 두어 병에도 바다와 함께하니 이렇게 행복한 것을.

회와 소주로 잠시 낭만을 즐기고 다시 전투에 들어간다. 갈치도 잡 히고 삼치도 잡힌다. 새벽이 되어 가니 고등어도 올라온다. 대개 고등 어가 올라오면 싫어하지만 이미 갈치와 삼치를 어느 정도 잡은 뒤라

고등어도 그다지 싫지는 않다.

새벽 4시. 물풍을 회수하고 배는 도두항으로 귀항한다. 집에 와서 삼치를 회로 뜬다. 양쪽으로 포를 뜨고, 포 한쪽 중간에 있는 뼈가 있는 부분을 발라내니 긴 네 조각의 삼치포가 나온다. 이것을 냉동실에 넣어 약 20분간 얼린 다음 적당한 두께로 저미듯이 포를 뜬다. 얼리지 않고 포를 뜨면 그 맛도 덜 하고 포 뜨기도 쉽지 않다. 또 신선한 삼치는 바로 먹을 경우, 완전히 냉동하는 것보다 살짝 얼리는 것이 맛이 좋다. 그렇게 완성된 삼치회는 어떤 회와도 비교하기 어려운 환상의 맛이었다. 특히 뱃살 부분은 고소하기 그지없어 입에서 살살 녹았다. 가을 삼치의 맛은 한창훈의 표현보다 더 맛있었다.

좌대낚시

🐟 11월 10일은 대입 '수능'일이었다. 입시생도 고생했지만, 입시생 자녀를 둔 부모들도 지난 몇 년간 노심초사 숨죽이며 고생을 했다. 수능이 끝나고 아버지들이 모여 야유회 낚시를 가기로 했다. 배낚시나 갯바위낚시는 장비도 많이 필요하고 또 멀미를 할 가능성이 있어 비교적 가까운 천수만에서 좌대낚시를 하기로 했다.

토요일 아침 6시에 여섯 명이 차 두 대에 분승하여 서울에서 출발하기로 약속들을 해놓았는데, 금요일에 두 명의 친구들이 다급하게 전화를 해왔다. 한 친구는 재수한 딸이 수능을 망쳐 '초상집 분위기'라는 이유로, 또 한 친구는 논술학원을 알아보라는 마누라의 특명 때문에 못 간다는 것이다. 하는 수 없이 네 명이서 출발한다. 차 안에서는 수능과 입시 문제로 한바탕 대화가 오고 간다. 모두들 이구동성으로 무슨 놈의 입시가 이렇게 복잡하고 어렵냐, 이런 개판 같은 입시가 세계 어느 나라에 또 있느냐고 목소리를 높인다. 요약하면 대충 이런 말이다.

'우리가 대학 갈 때는 안 그랬다. 알아서 공부했고, 알아서 대학 갔다. 예비고사 보고 성적에 맞추어 대학을 정해 본고사 보고 대학 갔다. 학교 성적 좋은 놈이 예비고사도 잘 보았고, 본고사도 잘 보았다. 떨어지면 2차로 지원해 대학 갔고, 아쉬움이 남으면 재수해서 대학 갔다. 부모님들은 신경도 안 썼고, 신경 쓸 여력도 없었고, 신경 쓰고 싶어도 몰라서 못 썼다. 요즘은 이게 뭐냐, 내신에다 수능에다 논술에다, 심지어 봉사활동까지 부모가 챙겨주어야 한다. 원점수가 어쩌고 표준점수가 어쩌고 백분율이 어쩌고 자기소개서니 포트폴리오니 스펙은 또 뭐냐. 선생들은 도대체 뭘 하나. 학원 선생들이 더 잘 챙겨주질 않나. 부모가 입시생이나 다름없다. 이런 교육제도가 도대체 뭐냐. 야, 점잖은 입에서 욕 나온다. 울화통이 치민다.'

마, 그만 하자. 그렇게 입시 제도를 만든 것도 결국 우리 세대다. 우리 스스로가 우리를 올가미에 옭아맨 거다. 내 자식 더 좋은 대학에 보내려고 우리가 그렇게 만든 거다. 결국 고생은 우리들보다 우리 자식들이 더 한다. 잔소리들 말고 우리는 낚시나 하자.

고속도로 휴게소에서 아침을 먹고 천수만 입구에서 밑밥과 장비를 보충하여 당암리 항으로 들어선다. 바다 좌대낚시는 대개 양식장 주변에 인공 구조물을 만들어 편안하게 낚시를 할 수 있게 만든 시설에서 하는 낚시를 말한다. 파도가 별로 없고 흔들림이 적어 가족, 친구들, 연인들이 많이 찾는다. 잡히는 어종은 계절에 따라 다르지만, 대개 서해안 좌대는 우럭이나 놀래미, 숭어나 전어나 고등어 등이 잡힌다. 물론 잡히기는 하지만 그 크기가 작아 배낚시꾼들은 사실 좌대낚

여유로운 좌대낚시 풍경.

시를 즐기지 않는다. 하지만 좌대낚시에는 다른 즐거움이 숨어 있다. 조황에 연연하지 않고 삼겹살이나 구워먹으면서 잡히면 잡는 대로 회를 쳐서 소주 한 잔 하면서 이야기하고 웃고 떠들면서 노는 즐거움이 바로 그것이다. 그래서 야유회 낚시인 것이다.

당암포구에서 전화를 하니 금방 배(만길호, 서산 큰바다 좌대)가 온다. 5분도 안 되어 좌내에 도착한다. 햇빛을 가릴 수 있는 명당에 자리 잡으려고 하니 젊은 부부가 아이 둘과 함께 이미 진을 치고 있다. 일행들은 50년을 산 노하우를 발휘해 젊은 부부에게 너스레를 떨며 함께 테이블과 의자를 사용하기로 한다. 그들 부부가 먼저 새우를

일타삼피. 고교 동창끼리 즐겁고도 즐겁다.

어떻게 다는지 물어온다. 내가 시범을 보여준다. 새우는 꼬리부터 바늘을 집어넣어 배 쪽으로 나오게 해야 잘 안 떨어지고 입질이 빠르다고 알려준다.

좌대낚시에서는 어종에 따라 채비가 달라지겠지만 대개 바늘이 다섯 개 정도 있는 카드채비에 새우나 갯지렁이를 단다. 고등어를 노리려면 수심 층에 변화를 주고, 우럭이나 놀래미를 노리려면 바닥에 가라앉힌다.

5m 정도 채비를 내리면 고등어가 문다는 말에 카드채비에 새우를 달고 낚시를 시작한다. 크릴새우와 집어제를 섞은 밑밥을 던지니 조류가 좌대 쪽으로 들어오지 않고 먼 바다 쪽으로 흐른다. 이래서는

264

고등어가 물 수가 없다. 고등어낚시를 포기하고 찌낚시 채비로 바꾼
다. 반유동 채비로 강성돔낚시하듯 멀리 던져 찌를 조류에 태운다.
그래도 입질이 없다. 여기저기서 간간이 함성이 들린다. 작은 우럭이
나 놀래미가 올라올 때마다 함성을 질러대는 것이다. 이것이 바로 좌
대낚시다. 아무리 씨알이 잘아도 마냥 기쁜 것이다. 그러다가 찌가 스
멀스멀 사라진다. 챔질을 하니 작은 우럭이다. 배낚시라면 방생 사이
즈지만 이것이라도 회를 먹어야 하니 살려둔다. 다시 그만한 사이즈
의 우럭 한 마리 추가.

성질 급한 친구 녀석이 준비해 온 더덕을 굽기 시작한다. 낚시는 뒷
전이고 모두들 모여 소주잔을 기울이기 시작한다. 옆에 자리한 꼬마
들이 좌대 주인에게서 숭어 두 마리를 얻어온다. 재빨리 회를 썰고
모두들 둘러서서 아이들의 기민함을 칭찬하며 회를 먹는다. 어느 정
도 취기가 오르자 만길호 선장이 배를 타라고 한다. 잠시 서비스로
주꾸미낚시를 하겠다는 것이다. 일행은 얼른 배에 오른다. 주꾸미라
면 다들 일가견이 있다. 천수만 방조제 바로 앞에서 주꾸미낚시가 시
작된다. 간간이 주꾸미가 올라오는데 씨알이 무척 커져 있다. 한 시간
정도 낚시하니 먹을 만큼 잡혔다. 다시 좌대로 돌아와 고추장 양념을
하여 숯불에 주꾸미를 굽고 2차 소주 파티를 벌인다.

가을 햇살은 바다 위로 부서지면서 모두의 얼굴로 투과된다. 입시
도 돈빌이도 직장노, 과거도 미래도 정지되고 순간의 즐거움만 가득
하다. 삶의 찬란한 한때가, 다시 오지 않을 가을의 한때가 그렇게 지
나간다. 모두들 그럴듯한 손맛 한 번 못 보았지만 불평하는 친구는
아무도 없다. 열심히 하면 고등어 한두 마리, 우럭 새끼 한두 마리 정

도 더 잡았겠지만 더 잡아서 무얼 하겠는가. 좌대낚시는 배낚시와 달라 물고기에 대한 불타는 전투력이 나오지 않는다. 그래도 즐겁다. 다만 운전을 해야 하는 한 친구가 술을 못 마셔 조금 서운할 뿐이다.

해가 기울면서 주섬주섬 철수 준비를 한다. 우리는 다시 입시생의 아버지로, 한 집안의 가장으로, 대한민국 사회의 책임 있는 구성원으로 돌아갈 준비를 한다. 아득하다.

학꽁치낚시

서울에서 바다낚시를 하려면 바다로 가야 한다. 서울에서 가까운 바다는 강화나 인천권이지만 불행히도 잡히는 어종이 한정적이다. 그래서 꾼들은 군산으로 목포로, 포항이나 통영이나 여수로 천리 길을 멀다 않고 달려가기도 한다. 특히 남해안이나 제주도는 연중 낚시가 가능한 지역이어서 수도권에 사는 꾼들은 호시탐탐 남해로 달려가기를 꿈꾼다.

그동안 목포는 서해안고속국도, 통영은 대전통영고속국도, 진해는 중부내륙고속국도의 개통으로 수도권에서 승용차 기준 4시간 정도면 도달할 수 있게 되었다. 전라남도 여수만큼은 갈치와 열기 등의 배낚시, 그 밖에 여러 어종을 낚을 수 있는 거점 항구 역할을 하고 있지만 직선도로가 없음으로 해서 꾼들이 여수를 출조지로 정하는 데 망설임이 있었던 것이 사실이다. 하지만 2012년 여수 해양엑스포를 개최하게 되면서 여수로 가는 길도 가까워졌다.

여수로 가는 길이 좀 복잡하기는 하다. 경부고속국도를 타다가 천안논산고속도로, 호남고속국도, 익산포항고속국도, 순천완주고속국도를 거쳐 동순천IC에서 빠져나와 여수항으로 달려가야 한다. 기존의 장성 쪽으로 가는 길보다 40분 정도 단축되는 길이다. 그렇게 가기로 하고 금요일 오후 여수로 차를 몬다. 여수 국동항 부근에서 갑오징어와 학꽁치가 나온다는 정보가 있어 마음먹고 혼자 여수로 가기로 했던 것이다.

가다 보니 뭔가 잘못되었다. 호남고속국도에서 익산포항고속국도로 들어가는 길을 놓쳐 장성까지 달려야 했고 결국 담양을 거쳐 여수에 도착했던 것이다. 네비게이션을 잘 업그레이드 하지 않은 게으름의 결과이기도 하다. 네비게이션이 없을 때는 오히려 잘 찾아다녔는데, 기계에 의존하면서도 기계를 잘 관리하지 않으니까 오히려 이런 일이 발생하는 것이다. 이왕 늦은 것, 게장 백반으로 유명한 황소식당을 찾아 맛있게 저녁을 먹고 바로 낚시를 하러 가려다가 숙소부터 정한다. 내일이 있으니까.

숙소 앞에 작은 선착장이 있다. 어둠이 내려오면서 몇몇 낚시꾼들이 무엇을 낚는지 모여들 있다. 가서 보니 던질낚시도 하고 찌낚시도 한다. 던질낚시에 붕장어 새끼가 몇 마리 잡혀 있다. 가장 잘 잡는 사람은 2인 1조를 이루어 뜰채로 돌게를 잡는 사람들이다. 한 사람이 직벽에 랜턴을 비추고 한 사람이 뜰채로 돌게를 걸어 올리는 형식이다. 잠깐 사이에 수십 마리를 잡는 것 같다. 나는 에기를 달아 갑오징어를 노린다. 수십 번도 더 던져봤지만 반응이 없다. 동료도 없고 어신도 없다. 밤바다를 무심히 바라본다. 그때 전화벨이 울린다. 친구

구멍찌만 한 볼락. 이날 구경한 유일한 고기다.

다. 며칠 전 다른 일로 통화하다가 자기가 마침 금요일 여수로 출장 가니 서로 시간이 맞으면 밤에 한잔 하기로 이야기를 하긴 했었다. 사실 그것 때문에 겸사겸사해서 여수로 행선지를 정하기도 했다. 낚싯대를 접고 친구와 도킹한다. 그 다음부터는?

다음날 일어나 장어탕으로 해장을 한다. 역시 남도는 음식의 천국이다. 경상도 음식이 생존을 위해 존재한다면 전라도 음식은 예술의 경지에서 입을 즐겁게 한다. 일상적으로 예술을 먹는 전라도 사람들은 생존 음식을 늘 먹어왔던 경상도 사람들에 비해 역설적으로 불행하다. 경상도 사람들은 전라도에 가면 최소한 입만큼은 늘 행복한 것이다.

가족 낚시. 피자도 시켜 놓고.

　　장어탕으로 원기를 회복하고 나서 돌산대교가 바라보이는 여수의 국동항으로 간다. 몇몇 꾼들이 갑오징어낚시를 하고 있다. 오후 한 시가 간조이니 그때부터 오후 7시까지 물이 들어올 것이다. 갑오징어낚시를 좀 하다가 오후 서너 시부터 학꽁치낚시를 하겠다는 계획을 세운다. 낚시점(국동낚시)에 들렀더니 고수(高手) 한 사람이 갑오징어낚시를 하고 있으니 가서 조언을 들으란다. 같은 어종이라 해도 그 지역 사람들이 항상 잘 잡아낸다. 일상적으로 늘 같은 장소에서 낚시를 하기 때문이다. 그는 위에 에기를 달고 아래에 3호 봉돌을 다는 다운샷 채비로 갑오징어를 공략하고 있었다. 그의 살림망에는 8마리의 갑오

272

징어가 담겨 있었다. 사진을 찍으려 하니 먹물이 가득 차 형체 구분이 불가능하다.

그의 조언대로 약 두 시간을 열심히 캐스팅했다. 하지만 여수의 갑오징어는 나에게 얼굴을 보여주지 않는다. 그 역시 내가 도착한 이후 한 마리도 잡지 못한다. 아마도 채비 걸림이 심한 곳에서 낚시를 하다가 나를 배려해 채비 걸림이 없는 곳으로 이동해서 그런 모양이다. 그는 먼저 떠나면서 갑오징어를 잡으면 쪄서 먹어 보라고 한다. 내장까지 통째로 쪄서 먹으면 그 맛을 최대한 느낄 수 있다고.

선착장에는 노부부도 와서 낚시를 즐기고 있었고 아예 피자 한판을 시켜놓고 온 가족이 출동해 낚시하는 모습도 볼 수 있었다. 그야말로 그들은 가까운 공원을 산책하듯이 낚시를 즐기고 있는 것이다. 낚시꾼들은 그곳에 사는 이들이 부러울 수밖에 없다.

이쯤에서 갑오징어낚시를 포기하고 다시 낚시점에 가서 학꽁치낚시 준비를 한다. 학꽁치는 밑밥을 뿌려야 모여든다. 언젠가 고군산군도 끝자락에 있는 말도에 갔을 때 크릴새우 밑밥을 좀 뿌리니 온 바다에 학꽁치 떼가 새까맣게 몰려들어 일행들이 수백 마리의 학꽁치를 잡아낸 적도 있었다. 학꽁치는 우리가 흔히 알고 있는 꽁치와는 완전히 다른 물고기이다. 꽁치가 등 푸른 생선이라면 학꽁치는 흰살 생선이다. 회가 가장 맛있고, 건조해서 조림이나 술안주로 먹어도 좋다. 일본말로는 '사요리'라고 하는데, 고급 횟감에 속한다.

학꽁치는 만조 두 시간 전부터가 피크 타임이다. 특히 해질 무렵이 만조가 되면 그야말로 황금 물때인 것이다. 사실 갑오징어낚시를 하면서도 바로 이 두 시간을 기다려 왔다. 떼를 만나기만 하면 잠깐 동안 수십 마리는 능히 잡아내기에 서울에서 출발할 때부터 바로 이 시간을 상정해 놓고 여유롭게 남도 바다의 가을 풍광을 즐기고 있었던 것이다.

준비를 끝마치고 마을 안으로 걸어 조그만 방파제에 도착한다. 돌산대교가 바로 보이는 마을 어귀의 조그만 방파제다. 맞은편 방파제에서는 서너 명이 학꽁치낚시를 하고 있다. 이제부터는 전투다, 라고 생각하고 밑밥을 뿌리고 채비를 입수한다. 그런데 이게 어찌 된 일이야? 학꽁치가 모이질 않는다. 밑밥을 뿌리면 반응이 와야 하는데 전혀 반응이 없다. 계속 여기저기 밑밥을 뿌려본다. 30분이 지나도 학꽁치의 그림자도 보이질 않는다. 그러더니 어느 순간 찌가 쏙 내려간다. 얼른 챔질하니 그야말로 피라미만 한 볼락이다. 귀엽다. 사진 한 장 찍고 방생. 또 볼락. 또 방생.

결국 이날 만조까지 밑밥을 다 뿌리고 낚시를 했지만 학꽁치는 구경도 못했다. 아마도 아직 학꽁치 철이 이르거나 포인트를 잘못 잡은 것이다. 학꽁치는 머나먼 곳에 있는 모양이다. 언젠가는 만날 날이 있을 게다.

이번 여수 원정은 이틀 동안 말 그대로 꽝이었다. 쓸쓸하지만 이것도 낚시의 일부다.

청산도 학꽁치낚시

2010년 가을 《세계일보》에 테마낚시 연재 제의를 받고 1년 2개월 동안 거의 매주 동해, 남해, 서해, 제주도로 다니면서 여러 장르의 낚시를 하고 다양한 종류의 물고기를 잡았다. 중년의 한때가 그렇게 지나갔다.

연재를 10회 정도 했을 때 고등학교 동기이면서 졸업 후 한 번도 만나지 못했던 친구가 32년 만에 연락을 해와 그 다음부터는 그 친구와 거의 같이 다녔다. 기름 값을 대면서 장거리 운전도 마다하지 않고, 늘 옆에서 사진 모델이 되어 준 친구, 오라클의 백성목 상무. 너도 재미있었지?

'어부지리'란 배낚시 전문 포털사이트 운영자 민평기 씨가 직접 찾아와 테마낚시 재수록을 요청해서 '어부지리'에서도 평균 1,500여 명의 낚시꾼들이 이 글들을 읽게 되었고, 또 다른 여러 사이트에서 재인용 요청이 들어와 모두 청을 들어주었다. 낚시TV에도 출연했다. 낚

시를 다니면 나의 닉네임 '강물'을 알아주는 꾼들이나 선장도 꽤 있어서 낚시계의 유명인사가 된 것 같은 즐거운 착각도 가질 때가 있었다.

2011년 연말을 마지막으로 연재를 끝내고 평범한 낚시꾼으로 돌아가기로 마음먹고 한 번도 가보지 못했던 남해의 거문도나 청산도로 출조 계획을 잡았다. 2박 3일의 일정으로 거문도는 무리여서 완도항에서 한 시간 거리에 있는 청산도로 가기로 하고 '광주 펜션'이라는 숙소부터 예약했다. 주인아주머니에게 뭐가 잡히냐고 물었더니 집 바로 앞에서 학꽁치가 잘 나온단다. 지난가을 여수에 학꽁치 잡으러 갔다가 꽝을 치고 왔으니 마침내 설욕할 기회가 온 것이다.

청산도는 아시아 최초로 슬로시티로 지정되었고, 영화 〈서편제〉를 촬영한 장소로도 유명한 곳. 세 명이 흥에 겨워 진도아리랑을 부르는 그 장면은 지금도 잊을 수 없다. 낚시가 아니더라도 꼭 가보고 싶었던 곳, 낚시까지 겸할 수 있으니 금상첨화가 아닌가.

아침 7시에 서울을 떠나 목포 해남을 거쳐 완도까지 부지런히 달렸다. 1시에 완도항 도착. 푸짐한 남도의 백반으로 점심을 먹고 차를 싣고 2시 30분 배를 탄다. 1시간 만에 청산도 도착. 하지만 온통 바람이다. 북서풍이 심하게 불고 기온이 급강하, 낚시꾼들은 거의 없다. 하필 이런 날씨에 청산도에 오다니. 그래도 급하게 낚시가게에 가서 밑밥과 미끼를 사서 청산면 지리에 있는 숙소에 도착한다. 숙소 바로 앞에 작은 방파제가 있고 5분 거리에 긴 방파제가 있다. 멀리는 전복 양식장이 온 바다에 가득하다. 학꽁치는 들물 때부터 만조까지가 잘 잡힌다. 이날은 오후 1시부터 물이 빠지고 5시 30분이면 해가 지기에 학꽁치낚시는 불가능한 상태. 다음날 낮에 학꽁치를 잡기로 하고 구멍치기를 해서 안주감이나 잡자고 친구와 합의한다. 숙소 바로 앞 10여 미터 되는 짧은 방파제 끝에서 미끼를 담그자 섬 고기들이 순진한 것인지, 자원이 많은 것인지 바로 반응이 온다. 손바닥보다 조금 큰 진한 갈색의 놀래미다. 쥐놀래미도 올라온다. 1시간 동안 친구와 나는 10여 수의 놀래미를 잡는다. 해가 지고 추워서 더 이상 낚시를 할 수 없게 되자 우리는 방으로 들어와 회를 쳐 소주잔을 기울인다. 그런데 이 놀래미 맛이 기가 막히다. 우럭낚시를 다니면서 수많은 놀래미를 잡아서 먹어봤지만, 그 맛하고는 완전히 달랐다. 찰지고 쫀득쫀득한 것이 어떤 회보다 맛있다. 아쉽게도 양이 작다.

청산도에 와서 전복을 안 먹을 수는 없지. 청산항 횟집으로 가기로 한다. 택시를 불러 달랬더니 올해 일흔이라는 주인아주머니는 손수 트럭을 몰아 캄캄한 가운데서도 '여기가 서편제 촬영지다' 하면서 섬을 한 바퀴 돈 다음에 청산항 해녀횟집에 데려다 준다. 전복과 소라와 해삼으로 2차 소주를 마시고 거나하게 취해 숙소에 든다.

이튿날은 본격적으로 낚시를 하는 날. 숙소에서 전복죽을 먹고 아침에 긴 방파제로 나간다. 바람 때문에 낚시하기가 힘들다. 현지에서 파는 이단찌, 즉 던질찌와 어신찌로 사용하는 고추찌 이단채비는 바람 때문에 던지면 엉킨다. 구멍찌로 채비를 교체하고 다시 낚시를 한다. 멀리 던져 살살 끄니 찌가 쏙 사라진다. 그때 바로 챔질. 씨알 좋은 학꽁치가 한 마리 딸려온다. 씨알이 굵어 제법 손맛이 좋다. 학꽁치 씨알을 말할 때 아주 작으면 볼펜 사이즈, 아주 크면 형광등 사이즈라고 말한다. 그 중간 크기다. 몇 마리 잡았을까. 낚시꾼 한 명이 나타나 같이 낚시를 한다. 섬주민은 아니고 전문 낚시꾼 같지도 않다.

청산도 회파티, 학꽁치, 놀래미, 전복 등.

낚시가 잘 안 되는지 이리저리 자리를 옮기다가 나의 5.3m 1호 낚싯
대를 밟아 초릿대를 똑 부러 놓는다. 어이그. 내 불찰이지. 예비로 가
져온 볼락 루어대로 교체하니 영 낚시하기가 불편하다. 그 꾼은 미안
했던지 슬그머니 자리를 뜬다. 다시 현지꾼 등장. 이분은 전문가다.
세팅된 낚싯대에 미끼만 한 주먹 가지고 와서 도착하자마자 연신 잡
아낸다. 바늘을 둘 달아 두 마리씩 건져내기도 한다. 채비를 보니 무
거운 던질찌에 스티로폼 어신찌를 달아 엉키지 않게 세팅해 놓았고,
낚싯대는 던질 낚싯대다. 역시 현지인을 당할 수는 없다. 어서 차를

280

몰아 낚시가게에 가서 그 채비를 사올까 하다가 많이 잡아서 무엇 하리 하는 생각이 든다. 집에 가져갈 생각은 없으니 먹을 만큼만 잡으면 되는 것이다. 이미 십여 마리를 잡았고, 씨알도 제법 커서 충분히 먹을 수 있다.

철수하여 숙소로 들어와 점심을 먹고 낮잠을 잔다. 여유롭게 잔다. 낚시를 하면서 늘 전투적으로 고기를 잡았기에 여유롭게 낮잠을 자 보기는 처음이다. 섬에서 산다면 늘 그럴 것이다. 물때에 맞추어 잠깐 낚시하고 늘어진 삶을 즐길 것이다. 지난 50년 동안 늘 전투적으로 살아왔고, 늘 전투적으로 낚시를 했다. 슬로시티 청산도에 와서 이틀 만에 낚시에서도 여유를 찾는다. 먹여야 할 입도 많지 않은 섬이니까 그런 것이다. 해가 질 때쯤 친구는 섬을 한 바퀴 구경하고 전복과 삼겹살을 사왔다.

학꽁치 회를 뜨고 전복도 회를 치거나 굽고 삼겹살도 구워 청산도의 만찬을 즐긴다. 테마낚시 연재를 끝내는 기념으로 건배를 한다. 친구가 술 마시다가 한마디 한다.

'다음주는 어디 갈래?'

🐟　세상에는 여러 동호회가 있다. 낚시도 예외가 아니다. 인터넷이 발달하면서 기존의 낚시회는 지리멸렬해지고 인터넷상에서 활발하게 출조정보와 조황정보를 교환하고 함께 출조하는 카페들이 많아졌다. 그중에 '싱글라인코리아'란 카페가 있다. 싱글들이 모여서 뭐하는 카페가 아니라 선상외줄낚시동호회란 뜻인데, 주로 우럭이나 광어, 갈치나 대구를 대상어로 하는 사람들의 웹상의 모임이다. 이 동호회 활동은 자연히 정출(정기 출조)과 번출(번개 출조)로 나뉘고, 버스를 대절하기도 하고 카풀을 하기도 하면서 낚싯배를 독배로 대절해서 낚시를 한다. 회원 수는 1만 명을 넘는다. 대개는 닉네임을 사용한다. 하응백의 닉네임은 '강물'이다. 출조 후에는 조행기를 올려 서로의 의견이나 정보를 교환한다. 자연히 댓글도 활발하게 달린다.

함께 출조하기

−젓가락질도 낚시질이다

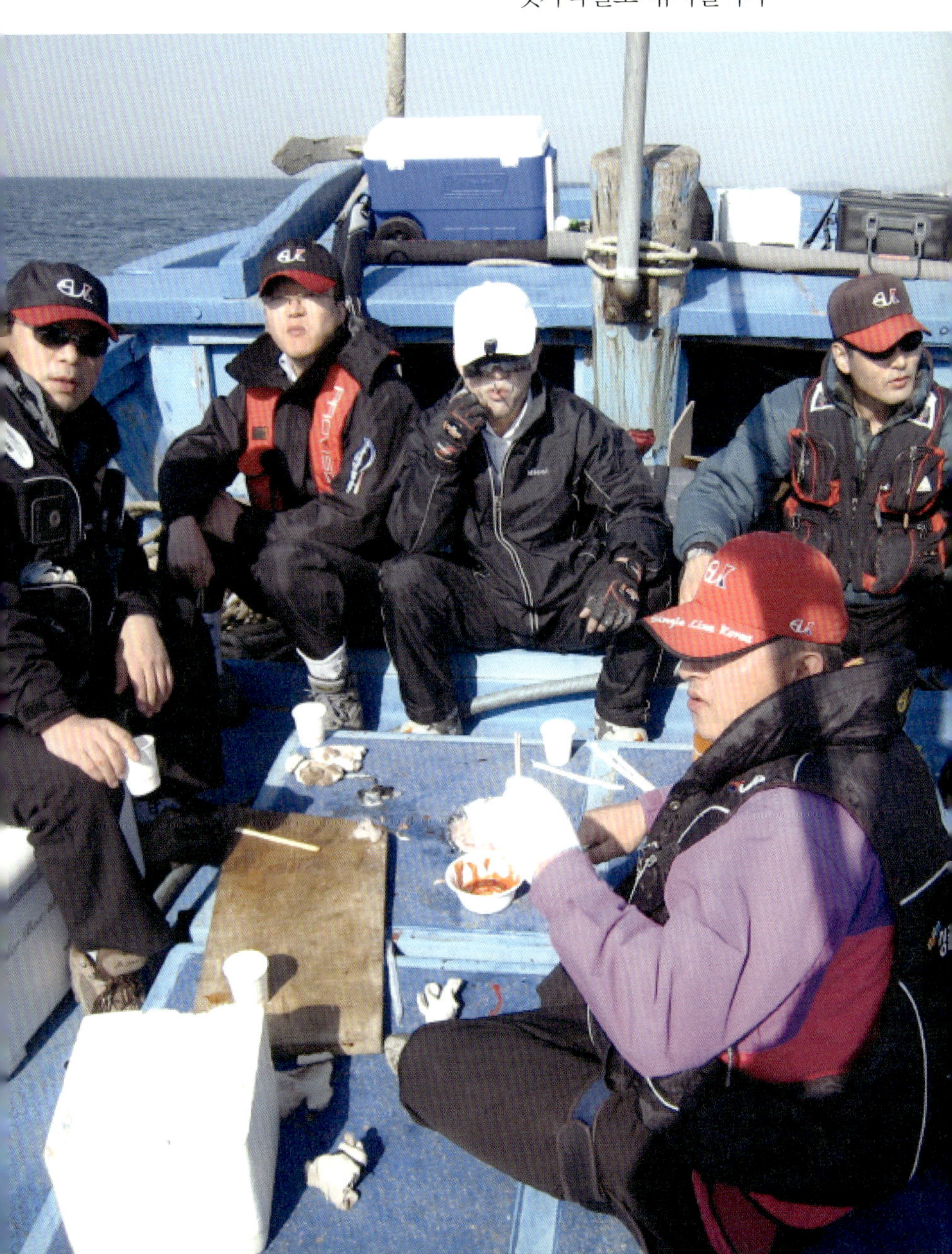

국가가 고마울 때

🐟 2005년 5월 5일 평소 좋아하는 배낚시를 갔다. 출항지는 충남 홍원항. 배낚시 동호회원 20명은 대박의 꿈에 부풀어 새벽 5시에 배에 올랐다. 낚싯배는 10t급으로 선장과 기관장을 포함해 22명이 정원. 새로 건조하여 첫 출조하는 날이란다. 우럭, 광어, 놀래미, 대구, 열기 등을 대상어로 하는 서해 바다의 배낚시 패턴은 요즘 많이 달라졌다. 과거에는 연근해 바다에서 낚시를 했는데, 점점 어족 자원이 고갈되면서 7~8년 전부터는 인공 어초를 집중적으로 노리는 어초낚시가 성행을 한다. 어초에도 자원이 고갈되기 시작하니까, 최근에는 공해상까지 진출해 심해의 침선(바다에 침몰한 배) 주위에서 하는 낚시가 성행하고 있다. 손을 타지 않은 침선을 만나면 한 쿨러 채우는 것은 그야말로 시간문제. 이곳에서 잡히는 고기는 씨알도 굵다.

배는 전속력으로 달려 오전 10시께 다섯 시간 만에 포인트에 진입

했다. 선장의 '낚시하세요'라는 소리와 함께 20명의 낚시꾼들은 일제히 낚싯줄을 내렸다. 그런데 이게 무슨 일인가. 배 엔진 소리가 멈추는 것이 아닌가. 조금 이따가 시동이 켜지더니 또 꺼지고, 이렇게 몇 번 반복하다가 엔진은 완전히 멈춰버렸다. 선장이 다급한 목소리로 해경에 구조 연락을 하는 소리가 들렸다. 배에 기름이 떨어졌다는 내용이었다. 육지에서 무려 200㎞나 나왔는데 기름이 떨어지다니. 황당 그 자체였다. 문제는 또 생겼다. 휴대폰이 터지지 않는 것은 고사하고 배의 무전기가 구조 연락을 보낸 다음 수신은 되는데 송신이 안 되는 것이었다. 낚시꾼들은 서로 얼굴만 쳐다볼 뿐 아무 말이 없다.

무전기에서는 해경끼리 주고받는 다급한 소리가 들려왔다. 22명이 탄 낚싯배가 서해 공해상에서 조난 신호를 보내고 연락이 두절되었다는 내용, 목포해경과 군산해경에서 긴급하게 사고 해역으로 배를 출동시킨다는 내용, 그리고 오후 2시부터 갑자기 풍랑주의보가 발효된다는 내용 등이었다. 요약하면 22명을 태운 배가 서해상에서 실종되어 표류 중이며 곧 풍랑이 몰려온다는 것이었다. 엔진이 멈춘 배는 더욱 꼴랑거린다. 파도가 점점 심해지기 시작했다. 망망대해에 엔진 꺼진 일엽편주(一葉片舟)! 불안해지기 시작했다. 휴일, 가족을 내팽개치고 낚시 온 벌을 받는 거다.

그렇게 두세 시간을 기다렸을까. 1000t급 배 한 척과 500t급 배 한 척이 거의 동시에 '짠'하고 나타났다. 한 척은 군산해경 소속 배고, 한 척은 목포해경 소속 배. 큰 배에서 보트를 내리더니 낚싯배로 다가와 우리를 실었다. 솜털 보송보송한 젊은 해경들이 흔들리는 보트로 몸을 옮기는 우리의 안전을 위해 최선을 다하고 있었다. 하마터면 눈물이 나올 뻔했다. 국가가 고마워서.

국가가 나에게 해준 것보다 국가에게 내가 해준 것이 더 많다고 생각하고 살았다. 고등학교 때부터 그 지겨운 교련을 했고, 대학 때도 군사훈련을 받았고, 졸병으로 군대 가서 박박 기었고, 예비군에다 민방위까지 다 마친 게 겨우 작년의 일이다. 세금은 얼마나 냈나. 갑근세니 뭐니, 술과 담배에 붙은 세금은 얼마나 많나. 휘발유에 붙는 세금도 장난이 아니다. 집 살 때도 등록세, 취득세 내고, 집 팔 때도 세금 냈다. 요즘은 부가세에다가 4대 보험이니 해서 또 이게 엄청나다. 그래도 단 한 번 내가 진정 위급할 때 국가가 내 목숨을 살렸다. 지금까지 낸 세금, 군대에서 흘린 땀 모두 아깝지 않다.

그때, 20명의 철없는 낚시꾼들을 뱃삯도 안 받고 군산항까지 안전하게 데려다 준 해경 여러분, 진심으로 감사의 말씀 드립니다.

월미도   뭔지 이 글을 읽으며 가슴이 뭉클 하네요. 잘 읽었습니다.
                국가한테 혜택을 받으면 안 되겠네요.

젖은낙엽정신   좋은 글 많이 동감합니다. 국가를 믿고 지지하는 것이 최선
                입니다.

trumpet6795   살기 좋은 나라 대한민국입니다. 감사할 수 있다는 그 자
                체가 아름답습니다. 너무나 좋은 글 감사합니다.

인조인간17호   강문님은 항상 고맙고 밝은 생각을 갖게 하는 아름다운 글을 많이 쓰시네요... 좋은 추억담&글 감사드립니다...

주목나무   이 사건... 지금도 가끔 이야기합니다. 갑자기 웃음도 나고요. 이렇게 우리가 목숨 걸고 꼭 낚시를 해야하나 하는 생각도 들고. 어쨌든 다 잘 끝나서 정말 다행이었습니다.

탱크   비록 오래전 이야기지만 안전하게 돌아오셨다니 천만다행이네요~~ 앞으로도 안전에 더욱 신경을 써야겠네요... 그런데 기름이 바닥났다? 이건 있을 수 없는 일 아닌가요??? 어느 배 선장님이신지 넘 하셨네요~~

디인   박진감 있는 글 잘 보았습니다. 큰일 날 뻔하셨네요. 저도 공해상으로 나가면서 배에 문제가 생기면 어떡하지? 하는 생각을 해보았는데 끔찍하죠. 그리고 선장님 및 사무장님 평소 잘하고 계시겠지만 배 점검 철저히 부탁드립니다. 항상 안전이 최우선이겠죠.

이무기   하하하 지난 조행기지만 너무 재밌게 잘 읽었습니다... 그래도 가족을 놔두고 가서 혼자 고생하셨지, 가족까지 데리고 갔으면 평생 낚시 못 갈 뻔했네요... 하하하!

우럭two   ㅎㅎ 강문님께서도 그 당시의 주인공이셨군요^^ 저도 그때 그 배에 타고 있었답니다. 풍랑주의보로 너울이 심한 상태에서 위험을 무릅쓰고 작은 보트로 한 사람 한 사람 이동에 애써주신 그분들의 고마움은 지금도 잊을 수 없답니다. 엄하게만 느꼈었던 해양경찰의 이미지를 그 당시 가지고 있었는데 함정에 오르니 모두가 그렇게 친절할 수가 없더군요. 특히 함장(선장)이신 그 어르신의 친절함은 지금도 눈에 선합니다. 잊혀져 가던 그때 그 사건을 강문님께서 언급해주셨군요^^ 감사합니다^^*

강물

안녕하세요. 그날 그 난리법석의 와중에서도 배 앞바닥 선실 구석에서 주무시고 있었던 분이 있었지요. 맛있는 김밥을 싸온 분이었는데, 나누어 먹고는 끝까지 자고 있어서, 나중에 구조된 사람 머리수를 세어 보니 한 사람 모자라 해경이 다시 배를 뒤져 자고 있는 분을 깨워 해경 배로 옮겨 타게 했지요. 그분의 배짱 존경합니다! 근데 그분이 누구였나요?

헌터가이

그 현장에 저도 있었습니다. ㅋㅋ 그게 벌써 2년 전 얘기군요 지금 생각하면 추억이지만 그 당시엔 생사가 걸린 문제였지요... 아마 배를 두 번인가 갈아타고 군산항에 입항한 걸로 알고 있는데요. 오면서 1000톤급 배 안 식당에서 먹던 점심은 잊혀지지가 않네요 ㅎㅎ

쿨러 채우다

🐟 간만에 완전 쿨러를 채워 기념으로 간단한 조행기 남깁니다. 금요일 기분이 안 좋은 일도 있고 해서 낮부터 마셨더니 완전히 대취, 비몽사몽간에 집 앞까지 오신 코지님 덕뿐으로 겨우 매송으로 가 버스 탑승. 버스에서 몇 잔하고 또 곯아떨어졌다가 또 겨우 비룡호 탑승. 추첨도 코지님이 해주어서 18번에 당첨. 배 타고 또 곯아떨어졌는데, 낚시가 시작되어 간신히 일어났지만, 영 상태가 말이 아니었습니다. 낚시가 시작되자 본능적으로 일어나, 겨우 미끼 꿰어 담구니, 입질은 있는데 올리면 헛방. 뭐가 잘못 되었나 생각하면서도 취기 때문에 몸이 말을 듣지 않았지요. 옆에서는 연신 우럭을 올리는데 나는 계속 헛방만…… 배는 심하게 꼴랑거리고.

10시쯤이 지나서 3짜 한 마리를 시작으로 3마리 잡고 드디어…… 챔질 하는 순간 5짜구나, 라는 생각이 들었는데, 서서히 손맛 즐기면서 올렸더니 5짜 쌍걸이! 이때부터 낚시가 되기 시작합니다. 술도 깨

5짜 우럭 쌍걸이.

고. 한 10마리 잡고 점심 먹고(매운탕 국물만 좀 먹고), 6~7미터 높이의 침선에 들어갔습니다. 이때부터 포인트 댈 때마다 한 마리씩. 5.5m 정도 올렸는데, 정확했습니다. 3시가 가까이 오면서 선장, 마지막으로 한 번, 했을 때 마지막으로 또 5짜. 24리터 쿨러 완전히 꽉꽉 눌러 채웠습니다. 2마리는 점심 매운탕으로 제공하고 3마리는 멀미하신 분에게 기부하고 집에 와서 보니 16마리 남았지요. 근데 씨알이 다들 좋아 무게로 따지면 최근 몇 년 동안 최대의 조과였습니다. 몇 집이 나누어 먹었지요. 15년 낚시에 쿨러 채운 것은 그다지 많지 않았는데, 이번에 원 풀었습니다. 5짜 쌍걸이도 하고. 물새님, 람바다님 고맙구요. 오전에 술만 깼어도 회를 떴을 텐데요. 그때는 상태가 말

296

이 아니었습니다. 그리고 오후에는 잡느라고 회 뜰 틈이 없었구요. 다음에는 제가 회를 뜨지요. 그리고 무엇보다 고생만 하신 코지님 감사합니다. 비룡호 선장님, 기관장님도 수고 많았구요. (비룡호 홈피 쿨러 사진 중에 조금 넘쳤다 싶은 쿨러가 강물 쿨러입니다.) 회원님들 즐낚!

해병659	강문님 즐낚 축하드립니다. 이금, 선상에서 이슬이 한 잔이라도 올렸어야 하는데 괴기 잡느라 눈이 멀어서... 다음 출조 때는 우선 이슬이 한 잔 하구 낚수 시작하렵니다. 고생 많으셨습니다. ^^*
모리	쿨러 조황 감축드립니다.
Jigger	감축드립니다. 뭐 사실 술로 시작한다는 점에서는 저랑 같은데 조과는 정말 다르군요.
dansoon	역시 도사는 취중에도 실력 발휘가 되시는가 봅니다. ㅋ 다음에는 꼭 강문님 옆에 앉아서 개인 레슨을 받아야겠습니다. ㅎㅎ
스노우맨2	강문님... 손맛 찐하게 보셨겠네요... 축하드립니다. 담에 정출 때 만나면 한수 부탁드리겠습니다.

10004ok 왕 부럽습니다... 즐낚하심을 축하드립니다.

코지 축하드립니다~~ 오랜만에 대박하셨네요~~~ ^___^

레이서 축하드립니다. 항상 즐거운 출조길 되시길 바랍니다.

blue sky 축하드립니다. 옆 17번 블루 스카이입니다^^

강물 블루 스카이님도 많이 잡으셨죠. 놀래미와 삼숙이 쌍걸이도 하시고요.

몸짱될놈 부럽습니다 ^^

슈마맨 감축드립니다. 저도 술기운에 하면 잘 나올까요? ㅎㅎ 농담이구요 정말 즐거우셨겠네요. 정출신청은 했는디 갈 수 있으려나. 흐미 저도 어여 쿨러를 채우고 싶은 마음뿐이네요 ㅎㅎ

어벙이 대박 축하합니다. 이요일이었으면 나도 같이 가서 소주 한잔 했을 텐데요. 아쉽네요. 다음에 기회가 오겠지요...

고양지점 강물님 오래간만입니다. 대박조황 축카 축카드립니다.

제리파 강물님 쿨러 만땅 조황 감축드립니다...^^

사랑구지 대박 조황 축하드립니다.

윤따봉 축하드립니다. 항상 즐거운 출조길 되시길 바랍니다.

람바다 강물님의 우럭 잡는 노하우는 우리 동호회에서 최고라 생각합니다... 누구나 대문은 미끼가 풍성해야 잡을 확률이 높은 줄 알지만 이번에 정출에서 보니 작은 꼴뚜기 미끼 한

298

마리로 5짜 우럭 쌍걸이 포함 3~4수는 하시더군요... 다음에 시간 되시면 그 좋은 비법은 회원님들에게 전수해 주시면 감사하겠습니다...^^*

강물 아침에 입질을 받고도 못 잡았을 때 꼴뚜기를 보니 밑만 잘라 먹었더라구요. 그래서 일부러 작은 미끼를 골랐습니다. 근데 잘 모르겠습니다. 작은 미끼가 좋을 때도 있고, 큰 미끼가 좋을 때도 있고... 감사합니다.

눈먼고기 축하합니다... 다음에도 항상 즐거운 낚시하시고 대물 대박하세요.

system 역시... 수고하셨습니다... 저두 언젠가는 5짜를... 두주먹 불끈... ^^...,,,

박태공 강물님 굵려 조황 감축드립니다~ 꼴뚜기는 어디서 구하셨어요? ㅎㅎ 저도 담번에 꼴뚜기 한번 써봐야겠네요~ 5짜 쌍걸이 상상만 해도 전율이 옵니다~~

강물 꼴뚜기는 지난주 노량진 수산시장에서 3000원치 사서 냉동했다가 가져갔는데, 충분하더군요. 10000원치 사면 두세 번 출조 가능할 듯합니다.

태권브이 역시 강물님의 낚시 실력과 자연을 즐기는 듯한 자연스런 조행기가 이런 대박 굵려 조황으로 보답을 하나봅니다... 축하드리구요... 다음에 선상에서 뵙겠습니다...^^*

청룡백호 축하드립니다. 강물님... 시원한 조행기입니다.^^

heiro60 굵려 조황이라니... 너무너무 감축드립니다. 조력이 짧기도 하지만 난 언제나... 강물님의 계속 뽑아 올리는 모습 선합니다. 축하드립니다.

진해 문어 갈치 조행기

🐟 인터넷 바다낚시 사이트에 보니 진해에서 문어가 좀 올라온다고 해서, 토요일 아침 5시 30분에 차를 몰고 집을 나서, 대치동에서 친구 1명, 과천에서 친구 1명 태우고 진해로. 10시 30분경 진해 도착. STX조선소 근처 해양공원 인근 선착장에서 독배로 오후 1시 문어낚시 출발.

비가 오기 시작한다. 물에 빠진 생쥐 꼴이 되어 문어낚시를 시작한다. 채비는 선장이 다 해주고(채비는 갈고리 두 개에 돼지비계 달고 돌게를 단 남해식. 그리고 자새), 수심은 10m 정도. 한참을 낚시해도 소식이 없다. 지루한 시간이 이어지자 선장님 왈, '어제는 많이 나왔는데 오늘은 오전에도 안 나오네요.'

결과적으로 주먹만 한 문어 1마리, 3명이서 종합 4마리. 그리고 끝.

선장님이 잡은 문어로 배에서 시식은 하고. 6시 항구로 들어와 갈치배를 갈아타고 김밥으로 대충 저녁 먹고 7시부터 갈치낚시 시작.

결과적으로 갈치 7마리(씨알도 잘고). 일행 합쳐 11마리. 그래도 갈치 회 먹고 밤 12시 낚시 끝. 주말에는, 잘 나오던 갈치가 안 나온단다. 주말 징크스라나!

그때부터 교대로 운전하여 서울 집에 도착하니 일요일 아침 5시 30분. 12시간 낚시하고, 10시간 운전하고 2시간 어정거리고, 문어 한 마리에 갈치 7마리.

세 명이서 경비는 기름값, 통행료 15만 원, 선비 각각 9만 원, 기타 10만 원. 도합 50만 원 정도. 세 명 조과는 문어 주먹만 한 것 4마리에 갈치 11마리(그리고 보구치 1마리). 거의 미친 수준의 비경제적 낚시지만, 그래도 낚시가 좋아서리······.

올해 서해에는 문어가 있을라나?

(하지만 이번 낚시로 강물은 동해 북단 거진에서의 가자미 낚시, 강원도 중부권, 울진 포항, 감포, 부산, 진해, 통영, 여수, 목포, 늘 가는 서해바다, 서해 북단의 백령도, 제주도까지 거의 모든 구역에서 배 낚시를 해보았다는 기록을 남겼습니다. 쓸데없는 비공인 기록이지만······.)

모든 회원님들, 즐낚하시길!

레드망고	허걱... 사이트 잘 보구 가셨어야 하는데... 개중에 솔직하신 선장님들이 계셔서... 조황 안 좋을 때는 오지 말라던가... 다른 어종으로 바꿔주시던데;;; 먼 길 고생 많으셨습니다.
샤크	조황을 떠나 강물님의 열정이 부럽습니다^^ 조행기 잘 보구 가네요^^ 수고하셨습니다^^
인조인간	강물님... 오랫만에 조행기라 내심 기대했었는데... 조황이 안 좋으셨다니... 안타깝습니다~~~ 전국구 열정을 가지신 강물님...^^ 다음에 기회가 되면 동출 한번 했으면 좋겠습니당~~^^
월미도	대단한 열정입니다. 캬~ 조황만 받쳐주었으면 힘 하나도 안 들었을 테인디요^^ 수고 많이 하셨습니다.
Jigger	사실 경제성만 따진다면 나문이나 뜯어 먹어야지요. 오랜만에 강물님의 조행기 잘 보고 갑니다. 하루에 두 가지의 낚시, 해보고 싶습니다.
강물	요즘 나문 뜯으러 가도 기름 값은 들더라구요. 감사.
한우리	올해도 서해문어 나올 거라는 소문이 있습니다. 문어나 오징어는 민문을 싫어한다고 합니다.
아톰	무한~~도전~~~!!ㅋㅋ
태산	낚시인의 열정이 느껴집니다. 멋있으세요.

바다좋아

조행기 속에서 하루하루 일과가 그려지네여. 아쉬운 결과지만 또 다른 추억 만드심이 부럽네요^^ 잘 보고 갑니다~

dansoon

강문님, 반갑습니다. 정말 오랜만에 등장하셨습니다. 담백한 강문님의 조행기가 그리웠었는데... 자주 올려주세요.^^

자연과사람

진해에는 쫌 권유하기가 그렇네요. 앞으로는... 저는 집이 창원입니다... 철 되면 자주 가는 편입니다만, 잡아와서 먹지는 않습니다... 거의 풀치인데(회로는...) 문어도 철이어야 되고요... 가장 중요한 것은 조선소 인근 바다는 배를 만드는 과정에서 배 바닥에 따개비 굴, 파래 등이 달라붙지 않도록 비스페놀(?-정확한 명칭인지) 계통을 섞은 페인트를 칠합니다. 그렇게 해도 따개비는 붙지만, 그런 것이 있으면 배 운항 중 기름이 많이 소모되고, 속도에도 영향을 미쳐서... 이 비스페놀A 계통을 쓴다고 알려져 있는데, 여성호르몬 계통입니다. 이런 것이 바다에 늘 상존하게 되면 물고기, 어패류를 전멸하게 하는 등 바닥에 사는 고동 등은 암놈밖에 없다고 합니다. 교미가 안 되니 결국은 전멸한다고 — 많은 분들이 이런 환경호르몬 계통의 위험함을 모르고 자연산이라고 먹고, 선물합니다. 남자는 생식능력이 떨어지고, 불임, 여성은 부인병 유방암의 원인이 되기도 합니다. 인터넷에서 검색해 보세요. 현지 선장님이나 선주들도 모릅니다. 조황도 생각보다 좋지 않고, 서해 기름오염보다 오히려 생태계에 더 위험할 수 있습니다. 절대 드시지 않도록 하십시오.

격포에 가다

🐟 요즘 세상 많이 좋아졌지요. 서해안고속도로 개통 전에는 격포 출조가 정말 힘들었지요. 10여 년 전만 해도 격포까지는 개인 출조는 엄두도 내지 못하고, 한남대교 북단에서 출발하는 낚시회에서 밤 11시쯤 출발하곤 했습니다. 그 시절에는 12월이 되면 우럭낚시 시즌 종료, 빙어낚시도 하면서 지루하게 겨울을 보냈습니다. 3월에 접어들면, 가장 먼저 시즌을 개시하는 곳이 격포였지요. 주로 왕등도 근해에서 개시하곤 했고, 이어 안흥권으로 인천권으로 우럭 시즌이 시작되었지요.

10여 년 전 3월 중순에 왕등도 근해에서 한 쿨러 채운 뒤로, 격포 쪽으로 갈 기회가 없었습니다. 안흥에서 주로 해결했지요. 하지만 낚시 외의 여행으로는 격포를 몇 번 갔었지요. 고창 선운사 동백꽃 보고(고창 선운사 동백은 4월 중순에 피니까, 춘백이라고 해야겠지요), 풍천장어에 복분자술 한 잔하고 내친 김에 변산 내소사에 들러, 대웅

전 기막힌 나무 창살 구경하고, 또 내친 김에 격포까지 들러 채석강 구경하고 회하고 소주 한잔. 이게 이쪽 여행의 공식 코스이지요. 올라갈 때는 부안 쪽에서 백합죽으로 마무리.

막차로 정출에 편승, 갈매기 2호를 탔습니다. 3시간 항해 끝에 처음 내린 곳은 부서진 침선, 수심은 68m 정도, 바닥에 붙이라는 선장님의 멘트가 있고, 바로 내렸더니, 뭔가 묵직한 것이 곧바로 입질, 낑낑 올렸더니 5짜 가까운 4짜, 나중에 계측하니 이날의 2위에 해당하는 48cm, 이거 처음부터 뭐냐, 대박 나는 거 아냐, 하고 속으로 생각하면서도 옆 조사님들 생각해서 표정 관리, 사실 이때가 가장 즐겁지요. 이어 몇 번 낚시하다가 바로 옆 침선 포인트로 이동, 10m 침선인데 8m를 올렸지요. 바로 입질. 이어 철수할 때까지 이 포인트에서 계속했는데, 총 14마리. 4짜 5마리, 3짜 7마리, 나머지 2마리. 웬일인지 이날은 이 강물에게 유독 씨알 좋은 우럭이 올라왔지요.

거의 쿨러 찼습니다. 다른 분들 모두 고생 많았습니다. 집에 돌아오니 12시. 딱 24시간이 걸렸더군요. 아주 기분 좋은 하루였습니다. 갈매기회관의 백합죽도 좋았고.

이날 새롭게 느낀 것은 우럭 활성도가 낮은 겨울철에는 미끼를 크게 사용할 필요는 없다는 것입니다. (물론 대구는 다르겠지만.) 미끼의 크기는 상관없었고, 중요한 것은 역시 수심이었습니다. 돌아오는 길 버스에서 바로 뒤에 타신 초보자님, 동료에게 이렇게 말씀하시더군요.

'딱 두 마리 잡았는데, 오늘같이 어려운 낚시 해보았으니—멀미하고, 채비 엄청 갈고 했으니까 어려웠겠지요—앞으로 어떤 우럭낚시도

할 수 있다.'

강물은 그 말을 듣고 생각했습니다. 역시 젊음이 좋다고. 사실 이번 낚시는 쉬운 낚시였습니다. 바다가 거의 장판같이 조용했고, 이동이 별로 없었고, 추위도 더위도 없었고, 선장이 포인트 잘 대어 주었고, 동료들이 줄 걸려도 짜증내지 않고 도와주었고……

인생도 그런 거겠지요. 앞으로 닥칠 일에 대한 두려움으로 어떤 일을 시도하지 않는 것보다는, 차라리 모르고 돌진하는 것이, 지나고 보면 훨씬 소득이 많겠지요. 고생은 하겠지만, 고생 없이 싱싱한 5짜, 6짜 우럭 맛을 볼 수는 없는 것이겠지요.

모두들 즐낚, 그리고 대박하세요. 강물은 이번 주말에 지인들과 남해 사천 앞바다, 두미도로 볼락 치러 가기 때문에, 3주 연속 출조할 수 없어, 3월 11일 정출은 참여할 수 없네요.

회원님들 모두 즐낚을 미리 기원합니다.

싱글라인코리아　한편의 수필을 보는 듯한 멋진 조행기 감사합니다. 내림 하시고, 굵어 조황까지… 강물님의 날이었지여～ 줄이 엉켜도… 대물을 걸어도 함께 웃으며, 즐거워하는 선상 분위기는 동호회 정출에서만 느낄 수 있는 거져～ 그게 바로 싱글라인코리아의 멋진 모습이구, 강물님 같은 멋진 회원님들이 만들어 주신 거구여～～

멋진이   강문님! 축하드립니다. 묵직한 놈들은 모두 다 잡으시고 나
             서도 표정관리를 철저히 하셔서 전혀 몰랐습니다.ㅋㅋㅋ 그
             구 볼락도 많이 잡아오시고 계속하여 대박. 대물하시길 바
             랍니다...

깍두기   침선낚시를 같이 공유하며... 수심 층을 서로 알려주며... 이
             런 분위기... 넘넘 좋지 않습니까~?? ㅎㅎㅎ 조행기 읽으면
             서 다시 한 번 선상에서의 즐거움이 스쳐갑니다... 오늘은 낮
             술 한 잔 해야겠네여~ 캬~ ㅎㅎㅎㅎ 선상에서 다시 뵙
             길 기대하며~ 조행기 잘 읽고 갑니다...(__)

니모   강문님 축하드립니다^^ 대천서는 꽝만 동기였는데... 같이
             탈출하게 되어서 저도 기쁩니다. 선상에서 또 뵙길 바랍니
             다^^

인조인간17호   멋진 조행기 잘 보았습니다... 전 강문님 조행기 마니아랍
             니다... 강문님의 견지 이야기부터... 오늘의 조행기까지...
             읽는 제가 더 기쁩니다... 가까운 데 살면서 자주 인사 못
             드려서 죄송하고 다음에 또 선상 위에서 인사드리겠습니
             다...

旴江池   강문님 대박 축하합니다. 나도 출조했으면 하는 생각이 자
             꾸 드네요. 아고 배 아파라... 재미있는 조행기 잘 보고 갑니
             다.

람바다   축하드립니다... 제 바로 옆에서 하셨는데 그렇게 많이 잡은
             줄 몰랐거든요...

윤아아빠   고수님들의 공통된 조언 중에는 역시 공략층의 중요성이 빠
             지질 않네요. 뼈와 살이 되는 좋은 말씀 잘 보고 갑니다.
             대박하심(맞지여? 제가 보기엔 왕대박인데...) 축하드립니
             다.^^

샹하이박　싱글라인코리아 정춘은 뭔가 새롭습니다. 회원님들과의 격의 없는 만남 선상낚시의 즐거움. 그 자체만으로도 서로에게 배려하는 마음. 이러한 분위기가 싱글라인코리아의 장점입니다. 갈매기 1호 이순복 선장님도 처음에는 유치원 학생이었는데 이제는 자칭 고등학생이라고 하네요.ㅎㅎㅎ. 강 묵님의 여행 스케치 잘 보았습니다.

태권브이　역시 싱글라인 공식 작가다운 글 솜씨가 대단하십니다... ㅎㅎ 대박과 즐낚하신 거 축하드리구요... 겨울에도 즐낚이나 이제 날이 풀리면 다시 한 번 뵐께요...^^*

길을찾아　항상 묵묵히 흐르는 강물처럼 '인생은 강물처럼' 가슴이 시원합니다. 즐낚을 경하드립니다. 조행기 또한 잘 읽고 갑니다.

다나까상　좋은 조과 축하드립니다... 조행기가 닉네임처럼 강물 흐르듯 매끄럽고 느무느무 좋습니다... 다나까상 다음번에 조행기 쓸 때 강묵님을 따라해 볼 겁니다...^^ 건강하십시오...

바다고기　정말 많이 잡으셨네요... 축하드립니다. 조행기가 잔잔하게 흐르는 것이 마치 한 편의 수필을 보는 거 같아요. 좋은 글 잘 보고 갑니다...^_^

멀고도 먼 침선

—대구 달랑 두 마리 잡고, 배만 타다

🐟 백중사리인줄 알면서도 주말이 되면 몸이 근질근질하여 견딜 수 없었던 바, 금요일 급히 출조하기로 마음을 먹고 여기저기 확인한 결과 안흥항 신안흥 2호에 한자리 있다 하여, 단독 출조하기로 결정했습니다. 최근 유행하는 대구낚시는 싫어하는 터이지만, 그래도 새로 장만한 오시아 지거 2000의 성능을 시험해 보겠다는 말도 안 되는 핑계를 마음속으로 대면서.

5시 20분 출항. 아침부터 찌기 시작하는데, 불길한 소리가 들립니다. 6시간이나 나간다나요. 자다가 깨다가 지루하기 그지없는데, 그러면서 요즘 미국도 11시간이면 가는데, 집에서 밤 11시에 나왔으니, 목적지에 도착하면 오전 11시라니 딱 12시간 걸리네, 그렇다면 미국보다 더 머네…… 그런 생각을 하면서 드디어 11시경에 도착.

첫 입수. 수심은 한 70m 되는데 선장님은 6m 침선이고 우럭 포인트니 3, 4m 올리라는 소리. 그런데 경험상 보아, 우럭보다는 대구 포인트 같은데, 아무래도 이곳은 수심을 더 깔아야 할까 보다 생각하면서 바닥으로 깔았더니, 역시 걸리고 맙니다. 그 순간 머리를 굴립니다. 아무리 대구가 바닥에서 논다 한들 선장이 침선 옆으로 배를 대는 것이 아니고 침선을 통과시킨다면, 바닥에 깔면 십중팔구는 걸리겠구나, 그래서 4m를 올렸지요.

그 순간 바로 옆 사람이 초보 같은데, 한 마리를 걸었지요. 힘들이는 폼이 대구가 틀림없어, 힘들여 릴링을 하더군요. 올라온 것을 보니 역시 60 정도 되는 대구. 그래서 물어보았지요. 바닥에서 물더냐, 그랬더니 잘 모르겠다는 답이었지요. 이제 헷갈리기 시작합니다. 초보가 잘 모르겠다면 바닥이 틀림없을 텐데, 선장은 올리라고 하고. 머릿속이 복잡합니다. 그 순간 여기저기서 아우성입니다.

줄들이 엉킨 것이지요. 대충 보니까, 초보 분들이 거의 반을 넘고, 그중에는 자새로 낚시하는 분도 계십니다. 자새에서 전동릴까지, 게다가 물빨이 센 백중사리에, 낚시 시간은 길어야 2시간인데……. 오늘은 꽝으로 끝나겠구나 하는 불길한 생각입니다.

겨우 선상의 소란이 진정되고 세 번째 입수, 선장 말대로 침선을 타고 넘는 것이 확인되고 재빨리 4m를 올리는 순간 덜컹, 입질이 옵니다. 반사적으로 낚싯대를 올리며 동시에 릴링, 묵직한 손맛이 손을 타고 어깨까지, 그리고 아랫배에까지 전해집니다. 대구 특유의 무게감이지요. 낑낑거리며 신중히, 또 저번 주처럼 중간에 놓치면 원통하고 애석하니까, 최대한 신중하게 올렸지요. 역시 대구였습니다. 거의 90 가까운 녀석. 선장이 갈고리로 떠 주더군요. 역시 오시아 지거 2000은

파워가 좋았습니다. 전번에 사용하던 시마노 선상 5000과 비교하면 준중형차에서 대형차로 갈아탄 기분이랄까요. 엔진이 부드럽고 무리가 없다는 표현이 맞을 겁니다. 33만 원을 투자한 보람을 느낍니다.

다음, 또 한 마리. 이번에는 70 정도. 그런데 웬일인지. 나 말고 한두 분 빼놓고는 잡는 분이 없네요. 바닥에 걸리거나 줄끼리 엉키거나 하고, 시간은 가고. 포인트 이동. 한 20분 갔나. 이번에는 5m 침선이라는데, 여러 번 해보니 가장 높은 곳은 8m 나오는 탑형 침선 같더라구요. 잔챙이 우럭 몇 마리 나오고, 계속 걸리거나 채비가 엉키기만 하고. 날씨는 더운데, 열만 받더라니까요. 그러다가 선장님, 이제 돌아가야 한답니다. 실제 낚시한 시간은 한 시간이나 될라나. 허탈, 허탈, 쩝쩝, 이럴 때 유행가 가사가 생각납니다.

‘못 잊어서 또 왔네, 사랑 때문에……’, ‘……울면서 후회를 하네……’, ‘난 참 바보처럼 살았군요……’ 등등.

또다시 지루한 긴 항해. 안흥항에 도착하니 7시 50분이 되었네요. 집에 도착한 것은 12시. 지루하고, 꽝 아니면 대박이어서 한겨울 아니면 침선낚시는 잘 안 하는데, 잘못 선택한 내가 바보지요. 사실 저는 어종은 별로 안 가리고, 대물을 크게 바라지도 않고, 다만 심심하지 않게 자주 올라오는 낚시를 선호하는 편입니다. 피라미, 빙어, 꺽지, 갈치, 볼락, 우럭, 고등어, 가자미, 보리멸, 망둥어, 보구치, 학꽁치 등등. 잡어꾼이라고 해도 좋겠지요. 그리고 무슨 고기든 다 맛있게 요리해 먹습니다. 내가 너의 생명을 빼앗은 대가로, 혹은 미안함으로, 철저히 너를 맛있게 먹겠다, 이런 주의입니다. 모든 생명이 그 존재 가치가 있듯이, 모든 물고기가 그 나름대로 맛이 있다는 것이 제 생각입니다. 물론 좀 맛이 떨어지는 고기도 있지요. 이를테면 서귀포에서 트롤링으로 잡은 만새기 같은 어종, 강 루어로 잡은 강준치나, 끄리 같은 어종, 견지로 잡는 누치 같은 어종은 별로 맛이 없지만서도. 하지만 이런 물고기도 요리법을 잘 개발한다면 맛이 있을지도 모릅니다.

한번은 이런 일도 있었습니다. 5, 6년 전에 가족들과 제주에 갔을 땐데, 해가 지고 릴 하나 들고 방파제로 나갔지요. 구멍 찌낚시를 할 줄 몰라 그냥 막대찌 채비로 수심도 대충 맞추고 밑밥도 없이 갯지렁이 끼워서 던졌지요. 그랬더니 고등어가 간간이 올라오는 것이 아니겠어요. 저나 가족들은 너무 재미있었는데, 그 옆에서 낚시하는 제주도 현지꾼은 뱅에돔을 노리고 있다가, 고등어가 올라오니까 화가 나서 방파제 위에 팽개쳐 두더군요. 그리고 한참 있다가 철수해 버리더군요.

덕분에 저희 가족들은 싱싱한 고등어회 잘 먹었고, 남은 것은 콘도에 들어와서 구워 먹었는데 맛이 기가 막히더라구요. (그래도 아이들에게는 남이 버린 것 주워 먹은 것이 좀 쪽 팔려서, 점잖게 이렇게 말했지요. '무릇 생명 있는 것을 죽여 놓고 버리는 것은 무책임한 것이란다. 책임지고 다 먹어야 돼.' 아이들이 수긍을 했느냐, 이건 별개의 문세지만요.)

이야기가 옆길로 빠졌네요. 허탈해서 그랬나 봅니다. 이번 주말에 이제 한참 붙기 시작하는 보구치(백조기)나 갈치낚시 가실 분 안 계신가요? 보구치는 무창포나 홍원항으로, 갈치는 목포로 가야겠지요.

바다를 지나가는 물뱀 한 마리.

우럭, 놀래미, 열기 그리고 애구.

강물   한 가지 빠졌네요. 대구 두 마리 삶은 포 떠서 냉동시켜 놓고(추석상에 쓸 것) 작은 놈 머리는 매운탕으로, 큰 놈 머리는 해체하니 너무 많아 반만 가지고 대구뽈찜(아구찜처럼 하면 됨)으로 역시 맛있게 먹었답니다. 콩나물 대가리 다듬느라고 좀 힘들었지만.

강물   대구뽈찜 쉬운 요리법 1. 대구 머리를 먹기 좋게 해체하여 물을 자박하게 붓고 먼저 익힌다. 2. 익힌 고기는 건져 넓은 그릇에 놓는다. 3. 대가리를 딴 콩나물을 살짝 숨만 죽을 정도로 익혀 건져낸다. 4. 고춧가루, 마늘, 생강 약간, 소금, 간장 조금, 등으로 다데기를 만든다. 5. 찹쌀가루 혹은 녹말가루를 물에 풀어 한 종지 만들어 콩나물, 다데기를 함께 고기 건져낸 국물에 넣고 약한 불에서 고르게 섞는다. 마지막 미나리를 넣어 살짝 익힌다. 그 다음 전체를 고기 위에 들이붓는다. 그 다음 소주 한 잔과 함께 먹는다.

벤자리   강물님! 낚시 취향이 저하고 비슷하시네요! 저도 어느 대상을 정하기보다 낚시 행위 그 자체를 즐기고 있으니까요. 요리법에 대해서도 너무 잘 알고 계신 듯하니 언제 한라솜대님하고 요리 경연대회 한번 해보심이 어떠하신지요? ㅎㅎㅎ

盱互池   강물님 장거리에 장시간에 무더위에 고생 많으셨습니다. 그래도 남들은 못 잡는 대구를 2수 하셨으니 정말 다행이네요. 다음에는 대박하시고요. 목포 갈치는 좀 이른 것 같네요. 12일 날 가서 손가락 하나 반 굵기만 한 놈 20여 수 해왔는데 먹기가 뭐 하네요. 참고하세요.

디인   무더운 여름날에 다행히 2수라도 해서 손풀이는 하셨네요. 저도 여름에 작년에 안흥에서 p호 타고 긴 항해 끝에 중국

배 보이는 공해로 나갔는데 낚시시간은 2시간 30분 남짓
하여 우럭 두 마리 잡고 돌아온 기억 땜에 멀리 나가는 것
을 선호하지 않습니다. 낚시 자체를 즐기는 것이 좋기는 하
나 이것 또한 어느 정도 조황이 보장이 되어야 하구... 어렵
습니다.

우럭two

심해침선낚시의 단점은 항해시간이 긴 반면 낚시할 수 있
는 시간은 짧다는 것이 가장 아쉬운 점 같습니다. 짧아도
굵어 조황 만드는 손맛을 보신다면야 다행인데... 멀고 먼
길 다녀오시느라 무더운 날씨에 고생 많으셨습니다. 다음번
출조에서는 이번 못 잡은 몫까지 찐한 손맛 보시는 출조길
되시기 바라겠습니다.

붉바리

제주에서 잡아 본 독가시치(현지어로 따치)가 낚시꾼들에
게는 잡어로 생각되지만 당찬 손맛도 볼 수 있고, 내장만
조심해서 포를 뜨면 웬만한 돔회보다도 맛있는 고기라서
잡어라도 즐거움을 주는 고기들이 많더군요. 잡어도 하나
의 생명일 텐데 잡은 고기는 다시 살려주거나 맛있게 먹어
주는 미덕이 필요하겠습니다. 다음 출조 때는 대물하시고
어복 충만하시기 바랍니다. 조행기 잘 보고 갑니다.

멋진이

고생하셨네요. 근디 먼 침선에 자새라? ㅎㅎㅎ 울 홴님들은
아니겠지여? ㅋㅋㅋ 그래도 실력 발휘하시어 명예를 드높이
셨으니 감사하고 추카드립니다.^^*

탱크

저 군대 가기 열흘 전 일이 생각나네요... 같이 입대하는
친구와 동해바닷가에서 5천 원짜리 대나무 낚싯대로 지
렁이 꿰 달아 기다리니 이름 모를 고기가 올라와 봉다리가
꽉 차서 이걸 버릴까 하다가 옆 조사님 드리니 눈이 휘둥그
레 하시며 고마워하시는데요... 그 후 횟집서 놀래미 시켜
먹는데 우연인지 그분 일행 같은 횟집에 오셔서 하시는 말
씀, 잡은 넘 남 다주고 사드시게????? 그것이 자연산 놀래

미였나요??? 몰랐쥬^^

청룡백호 ㅎㅎ 강문님... 6시간 동안 포인트 이동에... 다시 돌아오는 시간... 그럼 거의 반나절을 낚싯배로 유람하는 건데... 고생 많이 하셨네요... 그래도 잡아야 할 시간에 대구를 건지셨으니 즐낚하셨네요... 아무리 그래도 6시간 동안 포인트 이동은... 즐낚을 원하는 여러 회원님들에게는 생각이 필요할 꺼라 생각이 듭니다... 무더운 여름에 고생 많으셨습니다...

dansoon ㅎㅎㅎ 강문님, 더운데 수고 많이 하셨습니다. 그 와중에 대상어 대구를 건져 올리신 것으로 만족하셔야겠네요. 저도 언젠가는 대구를 잡아서 강문님이 올려 주신 요리법을 써 먹어 봐야하는디...ㅋㅋ

봉발이 저 개인적으루 젓가락질도 낚시질이다, 라구 생각하는 쪽이라서 그런지 강문님 생각에 동감합니다^&^ 무더운 날씨에 고생하셨습니다...

강물 젓가락질도 낚시질이다... 명언입니다. 이 말 제가 써먹어도 되나요?